# 满目山河

冯雄 —— 著

黄河出版传媒集团
阳光出版社

图书在版编目（CIP）数据

满目山河 / 冯雄著. -- 银川：阳光出版社，
2023.11
（阳光文库）
ISBN 978-7-5525-7161-5

Ⅰ.①满… Ⅱ.①冯… Ⅲ.①诗集－中国－当代
Ⅳ.①I227

中国国家版本馆CIP数据核字(2023)第243300号

## 阳光文库 满目山河

冯雄 著

责任编辑　陈建琼　赵维娟
封面设计　晨　皓
责任印制　岳建宁

黄河出版传媒集团
阳光出版社 出版发行

出 版 人　薛文斌
地　　址　宁夏银川市北京东路139号出版大厦 （750001）
网　　址　http://www.ygchbs.com
网上书店　http://shop129132959.taobao.com
电子信箱　yangguangchubanshe@163.com
邮购电话　0951-5047283
经　　销　全国新华书店
印刷装订　宁夏凤鸣彩印广告有限公司
印刷委托书号　 （宁）0027824

开　　本　710 mm×1000 mm　1/16
印　　张　13
字　　数　120千字
版　　次　2023年11月第1版
印　　次　2023年11月第1次印刷
书　　号　ISBN 978-7-5525-7161-5
定　　价　42.00元

# 序 自画像

你需要把天空的星辰写下来

把大地的褶皱写下来

把四季写下来 写下风和雨

写下雾与霜 然后写下炊烟和草屋

无需挪用很多的词语

仅有傲骨与风寒 白昼与夜晚

你有星辰和大海

谁是你的天空与大地

你生来就是一个受苦之人

在这个世上疲命奔波

你一生都要俯身领命

感念护佑哪怕是虚度的光阴

你随时准备捂紧时光的伤口

送世界一个温婉的微笑

你是一个怀抱鹰隼的人

心拥羔羊　梦达远方

# 目 录

第一辑：大地之唇

# 午夜：大地之唇

贴近山冈　黄昏弥漫

一夜秋风　落叶轻吻大地之唇

是谁把群峰峥嵘的面孔

化作辉煌的日落

我独自守在黑夜的边缘

看一只苍狼静静睡去


这看似宁静的午夜

是昆虫盛大的节日

蚊子奏乐　蚂蚁翻身

虎豹排队　鱼虾流浪

鹰鹞们集合　牛羊们死守

把一个人类想要独吞的世界

放在时间之水中过滤


午夜　无数个午夜

我把大地之书轻轻合上

在上面留下一行潦草的痕迹

就像一个隐秘的世界

留下的谜语

就像大地要对人们说出

刻骨铭心的疼痛

# 守夜者

不是谁都能够

把时间拒之门外

这个完美的寂静的时刻

一个夜晚和另一个夜晚

本质的不同　就是

让一张日历轻而易举地

从这个世界消失

这很简单　守夜者

常常把自己逼到了悬崖绝壁

你必须把尘世的幸福

当作镣铐　傻子一样等待天亮

有人把一个残缺不全的午夜

交到你的手上

你要在盛开的孤独中读出完美

让我怎样把一个个夜晚

镀上温馨　梳理成册

留给黎明的星光少得可怜

赠予午夜的挥霍所剩无几

怎样的坚守　才能等到

大风把晨露吹落

太阳把群山叫醒

# 游 走

注定　这是一个不错的开始

有人指点迷津　让呼吸穿越

清晨的雾霭

如果顺利的话　太阳会准时出现

露珠会在地气逐渐散尽时

保持一种圆满的身材


再退一步　退回黑夜的深处

就会听到夜鹰的诉说

当我沉湎于高处　谁会关注

一只兔子的死亡和挣扎

一个游走的灵魂　会在孤独中

把自己从这个世界上

轻轻抹去


焦灼的双足和前行的历程

是脆弱的理想的全部财产

我该怎样隆重地推出

在冬天还没有到来之前

# 积 雪

我就这样用一把利剑

切断了归乡之路

群山上的积雪 反射

在一幢褐色的建筑上

周围的白 时间的颜面

那是我的眼睛 泪水

隐藏在一个男人的目光里


风 嘶吼不出声音

使劲扯碎一棵大树的裸体

谁能掀开白了又白的大地的

肌肤 那即将干枯的茅草

用瘦小的手指握住苍茫


当风雪恢复了它的流动

我依然停滞在

一夕微弱的晨光里

谛听积雪下面

一座山轻轻走动的声音

## 我遇见了一群乔木

多少年以后，我逐渐清晰
摒弃了一些杂草 轮廓显现
骨感的身姿 倔强地生长
许多河流侧身而过
把我留在石头的罅隙里
高傲或者高大 就像鸟儿
在岩石之上摩擦自己的羽毛

我在秋天的午后
和一群乔木相遇
似曾相识的有些沧桑的面庞
隐藏在身体之下的时间的纹路
我不知道他们的名字 不知道
如何抚摸 把伤痛留给自己的
这些遍身伤疤的老者

只有大声喊出自己的名字

看落叶是否知情

悄悄收起哗啦啦的呓语

让时光慢下来　再慢一点

让我看清

死去然后复生的轨迹

## 暮色之下

暮色之下，就是寂静了

离别多年的我那乡下的亲戚们

关上了傍晚的窗户 失散多年的

那些不知名的鸟儿

带回了远方的雷雨和冰雹


我模仿大师 把黄昏泼墨成

一幅彩绸一样的国画

那凝重的炊烟 轻飘的落叶

山坡上 穿红衣的女子

不知是谁的意境

有人回头 在河边轻轻默念

一条鱼的名字 河水倒流

往年的石头浮出水面


就这样坐在支离破碎的

暮色中 有些声音

是永远听不到的

就像一场虚拟的表演

无法收场　更无法复制

# 水边书

你就这样开始了自己的旅程

无所收敛 把自己置于非常

危险的境地 虚幻的影子

总是起起伏伏 一只小船

突然失去了航向


你赐予我们时间的流水

和人生的速度 给我们

捕捞的机会和想象

如果有人关注一条河的

走向 那些沉积的泥沙里

到底隐藏着多少凶险的纱网

你不说出来 用几根苇草

轻易地把致命的暗器伪装


一些死去的歌唱

一些嘶哑的喉咙 一些

被大地感动的人　正在

走向逐渐被省略的深渊

# 铜 号

一把铜号 也许能集合起神奇的力量

孤独地穿透秋天的早晨 在大地上的

某一个角落降落 气息微弱

安静的池塘甚至没有一丝涟漪

金褐色的声音消失在逐渐散去的晨雾中


其实 久远的回忆被挂在墙壁上

逐渐风干 失语的过程

就像难产一样 在无力的呻吟中

力量在一点一点耗尽 只留下

一个扑满灰尘的疲惫的躯体


谁能手持一块干净的抹布

把可爱的铜号擦拭一遍

就像在一个安详的秋日的午后

听远处清脆的鸟鸣 高声宣示

我已认识你多年

我已认识你多年

# 公 园

钟声在秋天的白桦林中回荡

最先染红树梢 然后是翩跹在

林间的鸟类们 它们把低垂的天幕

从草地上唤起 给天空涂上一层

假想的崇高 金色的黄昏就这样

被秋天俘虏


空地上的长椅 躺着一位老者的晚境

空洞的目光在秋天的长空盘桓

一片落叶静悄悄地陪伴在身旁

风卷走一地的茅草哦 吹起老者

没有内容的一世沉浮 就像落叶

一点一点 慢慢远离了秋天的公园


就这样 秋天在钟声中沉重地行走

一切城市的喧嚣和浮躁

在某一个下午 被时光记忆

尽管菊花怒放 隔墙车流如海

有谁把秋天读懂

就像秋天读不懂人类一样

## 薄 暮

这个薄暮充盈的秋天的傍晚

我会在哪里停留　收获果实

运草的马车从我的身旁经过

车夫用熟悉的腔调嗤笑

我两手空空　无法追赶


我回到曾经居住过的庭院

荒草萋萋　硕鼠合唱

陌生而模糊的房屋在秋风中

轰然倒塌　恐惧在我的心头蔓延

我甚至被荒草中蟋蟀的翅膀

扇了一记响亮的耳光


不敢正视　我回来的路途

插满了荆棘　容易受伤的部分

总是最先碰到坎坷

如果记忆能够整理

我情愿站在高处　眺望

我仓促而又匆忙的一生

# 河 岸

总是在一条河的教唆下  我才能

心怀坦荡地站在河岸边  看水面上

自己的影子  被折叠被修改被揉碎

秋天冰冷的风穿过我的躯体

吹凉我的骨头和忧伤


岸边的芦苇很自信地立在风中

像农妇一样匆忙地梳理被风吹乱

的头发  寒鸦在水面上笨拙地

模仿蜻蜓  黄昏把金色的投影

安放在河流中  拥抱一串

小心翼翼穿越秋水的小鱼


我不敢离开河岸  就像涸泽之鱼

渴望一瓢水的挣扎

静观云朵在清澈的河面上翱翔

静听一块石头在水底轻轻喧哗

而心中  一眼喷泉在放声歌唱

## 秋天的信

在秋天给自己写一封信

就像在秋的身上划了一道伤痕

隐隐渗出冰凉的眼泪

归雁在云端标出了省略号

凄厉的叫声划破长空


该怎样称呼自己或者说服自己

早年的痴狂该不该提

自信的出走 糊涂的情感

狂热的恋爱 大胆的冒险

遥远的消息像瘟疫一样

传染给信使 这个秋天

多了一份诡秘

我的亲人们 还没听到我的死讯

就已经泪水涟涟


在秋天 给自己写一封信

没有署名　没有地址

触手可及的故乡和母亲

和我只隔着一张纸的距离

# 向日葵

专注于把一生的方向交给别人
从而开出最美丽的花朵
当我走过你的身旁　嗅到了
秋天腐熟的味道 那些掉落的叶子
像翩飞的褐色蝴蝶　冷艳而多情

而寂寞 就像黄昏的幕布
遮挡着遥远的村庄
太阳的骑手　手持火焰
在山丘上奔跑　沿途沉睡的
生灵　都会竖起耳朵谛听
那来自土地深处的喃喃细语

我惭愧地垂首而立
模仿向日葵的样子
母亲的沉默　父亲的无言
总在照耀着我　而我背对着
阳光　始终不能回头

# 日 暮

在孤独中扩展　散布雾霾一样
金色的狂想　一闪而过的村庄
像影子一样跟随在你的身后
腐朽的树木直不起身子
倔强地站起又悲壮地倒下
踉跄的路途　就这样在糟糕中
匆匆收尾

往往在黄昏时　狂躁的心灵
才能变得纯净　这时谷物已经成熟
葡萄正在酝酿　果实从枝头坠落
一支残留的花朵　面向我开放
没人发觉她露出的怯怯的笑容

我骄傲于我的发现　小小的触动
让日暮的黄昏轻轻抖动了一下

# 郊 外

完全不在你的想象之内　一条小径

散落着慌乱的碎步　摇曳于

在薄暮中现身的故事的悬念

烦恼出没　一对恋人携手闯进

平静的湖面　溅起的水花

足以打湿岸边残留的荷花和露水


追逐飞鸟栖息的云的路径

你会发现　总有一些闲言碎语

在郊外生长　漫长的下午

苜蓿草紫色的花瓣

散发出狂热的香味

少女的红裙子　穿过树林

给苍白的沉寂些许生动


在月亮升起之前　罕见的白橡树

用巨大的树冠　为死者撑起

一座美丽的宫殿

# 草木之语


草木之下　我要隐藏

那些牛羊　那些草场

那些闪着白色微光的寒冷

九月的天空　鹰的翅膀

仍然无法收敛太阳的光芒

牧人的歌声展开　少女的花朵

开在一头牛幸福的脸庞


黑色骏马抬起前蹄　露出马掌

山羊露出犄角 鼹鼠在夜间出动

蛤蟆在水中跃起 鸣蝉

在噪声中安眠　微醺的秋天

这些平常的事物在草木中

逐渐远离 直到腐朽


草木之下　我还能看见什么

情侣们在幸福中老去

交织的双臂长满紫色的青苔

沉重的眼睑结晶成盐

怀念就像金色的矿藏

谁能开掘出鲜艳的花朵

第二辑：水墨江南

# 水 墨

我看见一池残荷

静卧在已经睡着的下午

没有任何欲望　就像

谁把一阕江南　洒在

预约已久的古运河畔


更像一幅水墨　把光留在

阴影里　把时间留在光阴里

水面上跳跃着阳光

与空气　不忍心去碰触

农历中腐殖的气息

而清脆的鸟鸣　仿佛啼出

花色愈浓的青涩年华


水在描画一颗凡心

一颗残缺不全的心灵

只有清风能带走疾行的时光

但带不走一幅笔迹潦草的丹青

## 常州的黄昏

除了弥漫着水汽的目光

再也看不见花溪流水

一弯孔桥　一艘驳船

一位老人总在擦洗

永远洗不净的古渡口


我沿着河畔　忘记了行走

秋风掀起了我的衣领

仿佛看见我隐藏多年的忧伤

在异乡　谁也不会在意

你廉价的表情　翻来覆去地

游走　其实就是

心烦意乱的破碎意境


请不要轻易谈论一座城市

的黄昏　罹患感冒的江南

一个喷嚏　便是一场

秋意绵绵的细雨

# 咖啡屋

"那是北岛的诗句"

姑娘指着一块小黑板

脸上洋溢着小小的幸福

而简陋的吧台上

半杯拿铁咖啡冒着热气

正在静静地等着我


也许是偶尔经过的一瞥

绿色的门面  古旧的门窗

竹编的藤椅  丁香一样的姑娘

还有古老的木质书架和书桌

也许还有淡淡的诗意江南


其实找一个理由  我完全可以

在一个角落坐下来

向你倾诉  一个异乡人的寂寥

而我像一只空酒瓶

已经被尘世的纷扰填满

谁会与我在不经意间

萍水相逢

## 塔川秋色

距离霜降可能还有几天
塔川已经把秋天的柿子
掳掠一空　仅剩几只小鸟
挺起骄傲的胸脯　模仿绅士

而我已深陷其中　这是秋风
设置的迷局　把一地茅草
扶持得趾高气扬
阳光清凉得能把骨头蚀透
秋天赋予了所有的树木
金色的幻想　而我在寻找
前往深秋的秘密路径

我想　我最终会迷失
在乌桕树下　在麦秸堆旁
手握一川浓浓的秋色
茫然而不知所措

# 苏州北站

高铁把我丢到一个无人的广场
一对情侣打湿了我的背包和行李
我不知道苏州还有多远
一位巡警头也不抬地给我指了一个方向
于是我知道苏州原来是一首很随便的诗

台阶冰冷　很好奇那么多和我同路的人
此刻去了什么地方
我在等我的学生接我
忽然感觉　这个秋天这样潦草
把一个热爱秋天的人就这样抛弃

我不敢看时钟　此刻是几点
总感觉喜欢独行的我
可能将会被自己的孤独击倒

# 丝 绸

不能说一缕丝绸便是江南

露桥下听闻笛声

像丝绸一样咿咿呀呀

街上的女子　摆动着纤细的腰肢

抑或是一缕长发飘过

偶见一潭清水和绰约的芙蓉

在阳光下一闪一闪


那一瞬间　仿佛江南就是

那一声浅吟低唱

那一弯嫣然一笑

那一次蓦然邂逅

那一次黯然神伤


其实江南就是一缕丝绸

你怎么拽　它不变形

你怎么折　它不留痕

# 寒山寺

没有人知道张继的名字
没有人会背诵那首诗
我在寒山寺的身旁　只能反复
述说那位落寞书生的千年谶语

我想象着总有一位江南女子
坐在窗前剪着一朵梅花
在等那一声敲碎的钟声
仿佛风静树止　江河无声
专等那一盏渔火　照亮
小巷深处那一窗浓浓的思念

很想努力地挣脱钟声的纠缠
钟声里有江　钟声里有海
钟声里有家
和友人谈起去年的落花
今年的股市和油价
有人递过一杯酒　说
干了它

## 在车上偶然瞥见竹林

是谁赋予了你飞翔的翅膀

瞬间便占据了我的视野

我不知道随风摇曳的背后

到底发生了怎样的故事

只是看见一坛翠绿　被谁打翻

漫山遍野凝为黏稠的波痕


应该是在苏皖交界　风水

已是灵动如仙女的眼眸

那一袭婀娜纤腰　来自唐朝

风摆如柳　雨沐似莲

低头弄首之间

浸透了江南


这雨水稠密的江南

左边是风　右边是雨

看荷花落尽　池砚洗干

丛丛翠竹　抱紧清瘦的虚心
而我是谦谦君子　独享其成

# 乌 镇

乌镇习惯把烟雨藏在怀里

逼得你必须学会三两声吴侬软语

才肯显山露水

你可以随意抓一把雨

一定是一阕厚重的辞赋

无需那么多红灯笼的形容词

那清朝的染坊早已浮现青绿

惊艳了一条人人心疼的河流


有时是一盏青灯相伴

有时是一蓑烟雨侍候

那起居多年的耄耋之人

把一豆灯油熬成江南

点染成某人的一世明月


其实乌镇并无苦痛

我的揣度就像一次善意的伤害

而烟雨的江南能用朦胧

赦免一切罪过

我甚至可以透过雨帘和雾障

触摸到乌镇隐藏很深的善良

## 呈坎三叠

在呈坎 我可以把灰墙青瓦上的水墨
抠下来 洇染池塘中的旧事
让那些不知名的水鸟在一块丝绸上
翩翩起舞 大声喊出苍茫的清秋

在呈坎 我可以把古居檐角上的铜铃
摘下来 摇醒村外小桥上的早霜
晨起的炊烟被打断 歌声走散
遗落在民间 从此水阔天高

在呈坎 我可以把村落中的一丝细流
抽出来 使劲抻成一声早出晚归的鸟鸣
在逼仄的青石阶上 穿红衣的浣衣女子
踩碎了一地枯枝败叶

第三辑：大河上下

## 沙坡头 一粒沙的浪漫

有沙　有坡　头在哪里

一粒沙在寻找金色的浪漫

他在奔跑　在风中奔跑

在时光中奔跑　在我的视线里奔跑


他把呼啸藏在胸中 藏在路途

他翻过一棵枯死的白杨

越过一头渴死的骆驼

攀上一道颓废的残垣


他是风的首领　他要集合所有

可能的生命　与命运决战

占领一点点湿润　一点点微弱的

鸟鸣　让荒秃的山冈开出鲜花

让雨水准时降临　花开春暖


我可能要坚守一段持久的爱情

我就是那粒沙 那粒浪漫的沙

跟在水的身后奔跑 跟在一条大河的

身后奔跑 直到看见一颗沙枣

深深地击中大地 击中

名叫腾格里的汉子


有沙 有坡 头在哪里

做出一个沙雕城堡

让一粒沙居住 或者

掩埋曾经的一段往事

放下手中的笔 整理整理

焦灼的目光 让我和我的爱情

去探视一粒沙和一条河的秘密

## 横城看落日

我看见土城墙上边旗招展

几只老鸭把叫声挂在隔壁的河滩

我用黄河水洗干净我的凡身

和黄昏一起登上横城


现在　我站在横城

俯瞰一条大河和它的两岸

稻谷飘香　炊烟缭绕

夕阳把位置挪出来

让给在金岸上梳妆的女子

一抹羞涩在河边盛开


是谁搅乱了历史的迷局

几许前朝的往事成为过往

让记忆收藏一座古城

掩埋盔甲与马蹄

听党项后人用方言诠释

横城昏黄的落日

这是六月　一截黄河的低缓处
荡漾着夏天的蝉鸣和蚊蝇
疯长的茅草　时刻提醒
岸上的村庄　是我的故乡

# 穿越水洞沟遗址

其实只要你肯回头

就能看见沟堑里蠢蠢欲动的烈日

就能看见一截古长城

蜿蜒静卧　数里之外

藏兵洞的秘密　在山崖处

挽留着历史的狰狞与凶险


城堡很小　故事很大

士兵也好　将军也罢

都在一堆盔甲中无事生非

像无数的山泉汩汩而流

像一些多余的叙述

在卑微的生活上所撒的琐屑


只有烽燧　傲然挺立

就像在废墟上等待一场风暴

向天空敞开无底的深渊

向大地敞开滚烫的目光
向寂寞敞开赤褐的胸膛
向灵魂敞开千年的沧桑

# 荡舟典农河

这是我和一条河流之间的秘密

从日光到月光 从灯光到星光

河面上荡漾着幸福的话语

碧绿的芦草间 隐藏着

清澈的流水和浪漫的主题


我是一个在河里奔跑的人

跟随着光和色的倒影

我的速度超过河边的野花

超过追风逐浪的河鸟

那些隔河遥望的人

都是我的兄弟


隐约听见了一声歌唱

这是谁的夏天 谁的季节

能把一支歌谣传唱成一朵花儿

能把一段故事演绎成一位

少女的名字　靠岸的船舶上

一抹夕阳打着水漂


一条河流必须完成她的使命

譬如黄河两岸的庄稼

譬如大河上下的城市

他们的呼吸 他们的冷暖

我静默无语　不想惊动

花草上的晨露 秋水中的鸟鸣

炊烟缭绕的乡情　鸟语花香的城市

以及一条黄河金岸的宏伟梦想

## 腾格里 一头骆驼

我只有站在高处

才能与它对视

狂野的风沙 在我目光的镜头中

摇摆不停 它没有移动

昂首挺胸 用它的血性站立


在腾格里 一头骆驼

与我构成有趣的角度

我知道 攀上一头骆驼

是多么艰难的事情

就像在腾格里 你永远

找不到一片绿洲

我只有仰视 把骆驼的高度

当作我的坎坷


也许在骆驼眼里

我更像一粒沙 一粒

四处游走的沙

永远把远方当作自己的家

而前方　是否有海市蜃楼

的诱惑　我只看见

大漠孤烟更直

长河落日更圆

# 黄河以北 三月桃花

黄河以北 三月桃花

把老家的房子 覆盖成一座

诗意盎然的宫殿

众草清唱 大地轻拂衣袂

为飞扬的三月加冕

有绵羊的山坡上 淡淡的绿色

映照着逐渐走远的蓝天

牧羊人在微醺中安眠


这是在塞北 一座小城

往往是被雕塑的一截春天

风 清瘦成一枝桃花

忽然想起 泥土的力量

是如此地非凡

在钢筋与水泥的罅隙中

让桃花开口说话 喊醒了

积攒了一个冬天的思念

## 清明 在贺兰山东麓

我想把一地的碎石 碾成粉末

就像把来时的足迹一一抹去

在尘土飞扬中 疾驰的马车

在催命地追赶 谁是在微寒中

第一个看见青草的人

请蒙住眼睛 倾听

大地深处传来的脚步声


春天尚未真正来临

而我的内心已充盈着

伤春的疼痛 我逝去的亲人

也许在天堂苏醒 在暗处

他们在细细端详 还有多少距离

才能向故乡渐渐靠拢

# 燕 群

从来没见过　如此庞大的队伍

像天使一样　在云间飞翔

燕群把凌厉的姿势　抛向空中

就像在早春徘徊的寂寞

把大段的空白　留给了造访者

四月的天空很低　而春天尚远


一群怀揣梦想的智者

在穿越与跋涉中　和河流相遇

我将把谷雨和惊蛰交给你

把春天的歌声还给你

把早谢的花朵和清晨的露水

交给你　你的圆润的歌喉

和窈窕的身姿

就像如雪的杨花　飘过

无人认领的春天

# 春天的芭蕾

蝴蝶翩飞 燕子呢喃

春天的芭蕾 足尖把大地站成

挺拔的白杨

我说杨花似白雪

春风不应 仍然把花花绿绿的裙子

高高撩起 惊飞几只麻雀


白云是慢板的悠闲

飘忽如少女的舞步

赤脚跑过 那蹩脚的蚂蚁的方阵

在卿卿我我地相互吐露着

不大不小的秘密 仿佛

突然发现 他们是春天细腰的芭蕾

## 黄河楼上 一群燕子

不是任何一座宫殿

具有你这样的民间意象

当我看见一只早春的燕子

翩然飞过你翘起的檐角

我四十五度的仰视 让静默的黄河

为之一振


如果我愿意 我想在黄河楼的脚下

种植一片紫色的槐树

在黄河岸边安置我的住所

让房前屋后的阳光

逡巡在不大不小的灌木丛中

用黄河楼的倒影做我的新房

让那只漂亮的燕子做我的新娘


或者 做一只从早到晚醒着的虫子

看燕子在黄河楼上筑巢生子

看他们生气吵闹 叽叽喳喳

听黄河涛声 如何夜夜敲打

岸边熟睡的 我的村庄

# 黄河坛 大片的阳光

必须有一顶帽子 或者一把伞

来拒绝这大片的耀眼的阳光

必须有一块巨石 或者一块石碑

来承载青铜一般的黄河的神圣

我站在黄河岸边

就像面对一块金黄色的丝绸

目送光洁而安详的

流水的语言顺流而下


一条大河 安放了许多

祖先 五谷 砖瓦 瓷器

英雄 美女 钱财 诗篇

不变的也许只有粗布的衣裳

和大嗓门的歌唱

你甚至可以走得很远

走出了隐藏在历史之后的情节

但留下的 永远是大片的阳光

很想让一片阳光告诉我

黄河坛下隐藏的秘密

就像苍茫的远山

在默默地对黄河说着什么

第四辑：满目山河

# 鸟 群

有黄昏授意

这个时辰庄重肃穆

其实鸟们毫不在意你的去留

它们的步伐依然清醒而悠远


鸟群向远 一路暮色晨霜

它们以卑微的身份潜行于人间

不关乎风雪 无所谓西东

只有它们能说出荒芜的秘密

和大海的朝向


风绕过它们时 许多

春天的声音掉了下去

雨绕过它们时 许多

秋天的伤感掉了下去


也许 我们不知道的许多东西

鸟们知道 它们不言

我只能放下人类的趾高气扬

跟在它们后面

看看世界本来的面目

# 陌上有桑

这疾行的风雨如此踉跄

我都来不及绕你一周

便与你一纸相隔

难道这尘世有诸多的不妥

要让你不问西东地转身而逝


桑啊　我活在一堆枯枝败叶中间

经过的河流　腾空了波涛

经过的山峰　湮灭了流云

经过的森林　抹杀了鸟鸣

经过的大地　隐没了行迹

这仓促的行程能饱含多少

意想不到的蜜汁


沿途的花开了　蜂蝶不至

山寺的钟鸣了　月光降落

思乡的旅人会住进每一朵花中

远在异乡的我会惊醒

日渐遥远的钟声和半世的彷徨

## 玛曲小住

夜色黏稠 晚风不好调和

老板娘倚在门框

手中的开水壶嗞嗞直响

窗帘遮住外面的光

我不知道是灯光还是月光


想起白天的黄河很细

像一条绳 从尼玛镇向东

遥望阿尼玛卿雪山

仿佛能掂量出黄河的重量

玛曲 在这阔大之中

是不是留下了几头牦牛的忧伤


那牧人归来时满身风雪

像是把世界带了进来

老板娘说 外面很冷

要多穿衣服

我推门出去时

一个满身黑衣的藏族人

露出的眼睛充满笑意与风霜

## 青海湖

你仿佛要吞噬整个天空

可是没有人能喝下青海湖

丰美的湟鱼藏在石头中间

难道你要走遍所有的滩涂


幸好有黑马河的落日

和海西皮的鸬鹚

黄昏和拂晓在海心岛上交替

湖水凉透

其实我可以拒绝休憩

牧人却说 想想你无法归来的痛苦


祁连山地 两只斑头雁在说话

内容暧昧而充满了人间烟火

它们侃侃而谈 口含露珠

像我此刻无法说出的苦楚

我曾经在塔尔寺带了一点雨水

能否滋润日月山旁枯燥的薄暮

# 断木之林

我能数得清秋天所有的落叶

数不清那裸露枝干的锋芒

舞动的山脉有如自然的秩序

那隐秘的律动仿佛星辰降落

我深藏其中　窥视着

一束阳光悄悄移走部分阴影


是谁将隐匿在丛草之中的星星

轻轻拾起　清辉缠身

向晚而泣　原野清空

请抬起它们易碎的胴体

安放在朗朗的月光之上

不远处　有人将用童声吟唱


这断木之林　又一次

以摧枯之势显山露水

深埋脚下的霜露

从十二月的马掌中抽取营养

雪豹收起尾巴 凝神屏气

捕捉一只忘记冬眠的松鼠

油松枝头的冰凌像一声尖叫

随时破坏这很像尘世的现场

# 在若尔盖

公路笔直地插向远方

远山飘动如风如云

牦牛低首 侍弄花草

几个下车的人　几个黑色的标点

在移动　仿佛整个草原在动


在若尔盖　黑颈鹤一跃而起

你会看见　绵羊如散落的宝石

满身香气的花草　是留在人间的礼物

它是倒伏的　不惧践踏

仿佛是一个不可逆转的情节


以我的草木之躯和未竟之旅

无法到达远处的郎木寺

裸露的河床和宛如明镜

星星点点的湖泊

不会挽留一个并不虔诚的旅人

所以　我尝试着扶起一棵草

触碰之时　我感到浑身战栗

那隐藏在根部的寒冷

击碎了我体内所有的温暖

## 掌灯时分

那是在乡下 很久的事情

母亲总在深夜里咳醒

仿佛这个世界有许多

隐藏很深的对手

父亲照例会侍弄药草

熬制山间的雨露与风霜


无需许久 我看见窗外

大雪反射的光把老屋照亮

有一些匆忙赶路的人

他们低着头 不计较风雪

跨过沟壑

顺便带走沿途散落的星光


四周宁静

有几只蚂蚁奔忙于夜色之中

一颗粮食 就足以让它们气喘吁吁

你只能披霜而坐　等待

一盏油灯　引渡你到

萦绕故乡多年的隐隐药香

## 暮色一卷

有人打马蹚过一条河
昏黄的河岸如书卷
折叠出乡村朦胧的剪影
谁在这薄暮之时
把闪着微光的星辰
交给一只眼角有泪的栗色骏马

马队杳然前行
一身黄昏的人
总是有很重的心事
譬如跳水村姑扭动的腰肢
譬如身负夕阳而归的鸟啼
甚至一阵深藏凉意的风声

这时隐约的山峦
闪着明亮的额际
河流在念念不忘

枯木的倒影

我手握一卷暮色

步履蹒跚

那被风抚摸过的

也将被我抚摸

# 伤　口

我曾经向往一种草原

低矮的毡房　洁白的羊群

大朵的白云　把美丽的影子

映射在碧绿的山坡

然而　当我看到一辆汽车

笔直地插入草原的心脏

牛羊们四散逃离

云朵们支离破碎

我的心微微疼了一下

仿佛大地被撕裂

# 若尔盖

如果可以离开　我的转身

足以让一条河流倒戈

那些年悲壮的历史故事

在草地上延伸

在若尔盖　没有比这

更像草原的草原


远处有几个人影　捉摸不定地

行走　他们的头顶

白云在飘动　好像他们占据了

七彩的天空　在那里

他们被草原饲养着

一颗一颗捡拾　被风吹散的

羊群的珍珠

# 塔尔寺

匍匐着　永远匍匐着

就是阳光也是趔趄着

走过远处的天空

一路而上的远山

吸引这尘世的目光

那些沿途的大小不一的心事

被那么多的烟火遮掩


你永远是一名过客

仅仅是掠一把清风

采几滴朝露

你带不走它的白塔

它的白塔之上的天空

以及飞鸟

## 拉卜楞寺的阳光

群峰之上 我举目西山

一片阳光慢慢倾斜

心怀虔诚的人 慈祥的面孔

或隐或现 红脸蛋的小孩

怯望着我 仿佛要用目光穿透我


褐红色的木门开启的瞬间

我讶异于一位红衣女子

把自己的身影留在了

墙皮斑驳的岁月里

而我在众人踏断的门槛上

倒地而眠 一场春梦

延续至今

# 在甘南

我可以把自己安置在

一片草地之中

与毡房为伍 与青烟为伴

我知道这很奢侈 那么

你就把我当作一头吃草的牛

一匹悠闲的马


我不想看雄鹰在天空之城

御风翱翔 俯瞰流云

我不想看群马在草原腹地

迎风长嘶 奔腾逡巡

我只想看一队蚂蚁 绕过我的

脚边 浩浩荡荡地

走出我的视线

# 青海湖·茶卡

茶卡 其实没茶

是一片青盐的海

是湖水把天空的云朵采撷下来

安置在湖边

还是天空把湖中的晶盐吸附而上

化作了洁白的云朵

湛蓝的天空映衬着蔚蓝的湖水

有一些湖水醒着 盐粒沉睡

仿佛轻轻的一个眨眼

天地就会复合

所以茶卡永远睁着眼睛

守着我的白天和黑夜

## 遇见牦牛

比较幸福的事情是

我想看见你 你就来了

永远低垂着睡眼

仿佛把草原的暮色据为己有

全然不顾它已经成为暮色的一部分


牦牛在高处 低矮的丘陵

驮不住它的沉重

秋雨已经打湿了它的蹄脚

匆忙地赶路 带起了一片草屑

而我在低处 仰望着它的

高大与威猛

# 横城落日

把自己放低一点

正好能肩扛落日

在古城墙上恣意行走

可以找寻一些昏暗的词

安置在某一个朝代的黄昏里

看冷风袭面  艳阳润肺


在横城  没有谁像我一样

手撑黄河两岸  看看深藏在水中的凉意

那廉价的落日很随意地泛红

只需一个短暂的黄昏

足以点燃历史中的背景与情节

晚风送来有些迷离的马蹄声

不知道能维持多久


当我说出  走吧

有人就指给我一条出路

你最好穿河而过

否则，你将因为热爱

而毙命在这个时辰

## 贺兰晴雪

这个深秋我不再起兴
初冬还藏在至少一个月之后
我龟缩在一座城里
远远望见了贺兰山上的雪
以及雪的反光

但我清楚地看见了
一颗行将干枯的油松顶上
一只秃鹫抖动的翅膀　以及
翅膀上飘落的昨夜的点点白雪

雪来得有点早
不需要任何明亮的言辞
它不停地打扫山顶的风尘
仿佛这世间藏着太多的污浊
最终，看雪的人把自己看化了

当然 可以保留一块岩石的

温度 预留一点空白

画上太阳 刻上岩羊

然后坐在旁边

## 暮色·岩羊

贺兰山顶

一只岩羊举起它的毛蹄

叩打着云澜中的夕阳

它的嫩舌舔着暮色

直到山色渐枯而斑驳


它用身体的肥硕

支撑着巉岩的重量

它坚守着自己的摇晃

努力成为地平线的轮廓


其实岩羊底气很足

头也不回地跑进了岩石

很显然 我的回眸在它眼里

显得非常仓促而不屑

## 顽石辞

你在风中能跑多远
那么多追风景的人赶着你
你使劲把自己的内心掏空
也卸载不了背负的沉疴旧病

倾尽所有　仿佛命运不再厚重
你顽劣的本性获得一次次新生
唯有旷野　能丈量你的孤独
潦草的旧时光　仍然反射着
节节败退的坎坷旅程

我只能小心翼翼地翻拣着
那些隐约模糊的情节
摩挲着心存烈火的这些同伴
我异常清晰地看见了
自己不能左右的一生

# 小寒小记

牧羊人用鞭杆画地为牢

那只头羊静静地立在原地

在飘着微雪的小寒早晨

山地渐渐被雪洗白了

只有隐约的山影　变换着

不同的姿势　努力保留

那一点闪烁的意念


大雪压境

群羊终于无首而散

牧羊人了无踪迹

被雪漂白的身影盖住了冬天

深藏不露　不愿说出

哪儿有炉火和温暖


他的眼中满含笑意

但我知道　他的身后

是无法言说的风寒

# 青铜之峡

那山势很潦草
当我读到一半
船已飘出峡谷
山脊诡秘如党项人的脸
在一片塔底若隐若现

仿佛侠客降生
初冬的天气突然温暖
蛰伏的断崖次第跃起如马
我在等 等有人仗剑而至
挟裹浮云、枯草与鸣喉
脚底伴星火
裙间携风寒

苇草依然准时出现
那遁隐的刺客虚构了情节
独留一只秃鹰缩颈耸肩

放弃了飞翔

我搂紧它 无话可说

在这并无烟火的烟火人间


这一川呼啸已无奈何

回首已见大地萧瑟

剑气抽身而去 独留青铜

# 在南长滩


一座村庄，隐藏了它的真面目

那是非常可怕的事情

无法落户人间的烦恼

像咳嗽一样卡在山间

逐河而居　麻雀的方言此起彼伏

那些只侍弄梨花和红枣的人

仿佛都是同一个姓氏


不需要太多的修饰

这个村庄没有错别字没有病句

人间雨水　只是修改了脆枣的颜面

天上风雪　不会在意这小小的一隅

黄河特意侧身而过

躲避了一滩心怀隐秘的石头


幽静之处　我的文字充满底气

因为我绕过了一棵梨树

还会再遇见一棵梨树

# 临河一帖

现在我这样描述黄河

她在我的脚下

把一堆堆峥嵘乱石折叠起来

留一些明丽的河堤与闲散的野鸭

可见她积攒了足够的耐心和坚强


河离我一米

触手便是千年

隐藏在河底的涌动暗流

和水面浅浅的波纹

已经避开了寒露与霜降


风吹过河面

然后吹我 吹我骨头里的霜

也可能吹黄一滩碧草

但吹不倒我蓄谋已久的善良

我在有意把持自己的目光

不要看清楚水中浑浊的部分

我知道　如果看透一条河

就看到了自己的沧桑

第五辑：流年散记

# NO. 1

当一个个语言的精灵在我的笔下夭折

死在我尚未出世的诗行中

我痛得刻骨铭心

这些我视为灵感的孩子

在每一个寂静的夜晚

曾经敲着我的窗户

拧亮了我的诗情

而时间，就像深秋的寒霜一样凝结的时候

我在哪里？

一个执笔者，被自己的笔尖所伤

# NO. 2


一个影子远离黑暗的村庄

一个村庄拒绝一位回归的旅人

我只能选择夜晚潜回我的村庄

从巨大的树荫下走过

曾经的老人和少女

曾经的稻穗和谷粒

都被村庄一一收留


而我仍在路上

我生活在别人的城市

孤独的流浪者

被谁遗弃或者被谁收留

# NO. 3

那焦虑成红色的秋天
把大地上的物件——陈列
谁为我留着位置呢
我是那样热爱秋天
爱她的赤诚，爱她的热烈
爱她的悲伤的森林的长发
爱她的性感的冲动的河流
爱她的清霜的早晨
爱她寒意的黄昏

# NO. 4

当一个村落跪向大地的时候
一个挑水的村姑也许能救活它

当一个颤抖的花坛投向腐朽的时候
一束闪电的光芒也许会照亮它

当一次鸣叫敲碎难耐的沉寂的时候
一缕炊烟的缭绕会擦亮乡村的额头

当一声低语飘过乡村耳畔的时候
一条蓝色的河流会在瞬间直立起来

## NO. 5


一支送葬的队伍伴着一只黑鸟唱着哀歌

亲人们走在前往墓园的路上

我是被送者，还是送人者？

一个人来到世上

既不能决定生，又不能确定死

这是一个多么可悲的事情呀

棺椁举起的时候

有多少魂灵

还能找见自己


我哭得死去，又活来

# NO. 6

在村庄面前，我们都是负罪者
听一眼山泉唱歌
看一朵云彩舞蹈
品一壶清茶故作高雅
写一句歪诗冒充大家

谁听过夜晚土窑中传出的叹息
谁看过老者额头上腐朽的年华
谁品过浑浊的泪花中溢出的酸涩
谁写过饥饿的狂乱中龟裂的土地

# NO. 7

当一片秋天的杏林金色着我的梦想

我看见我的童年正穿过青草地

像一位天使，把自己关在小树丛中

听鸟儿歌唱

当灰鸟的歌声开启了暮霭

一架风琴在弹奏着夜晚

把声音、光、色关进了大地的乐盒

眼泪落在我的心上，结成了霜

# NO. 8


没有谁在一夜之间成就我的梦想

对于焦渴的心灵而言

一滴水也许是一束火焰

有时一个贫瘦的词语

也许是一座无人企及的城堡

就像河水　总是在干枯断流的时候

留下一些痕迹作为纪念

当我们像临终前的老人

一样左顾右盼时，谁来拯救我们

# NO. 9

我们的生命中

空缺春天的花环和夏天的果实

而忧郁的秋天似乎在做着某种补偿

金色的落叶用对枝头的留恋

编织着鲜花的美梦

荒芜的土地用野草的泛滥

渲染着收获的喜悦


而当天空在孤独中打开

发黑的树枝戳破大地的皮肤

寒鸦在结霜的水面上滑行

星星在空旷的夜色中战栗

我们无言以对

# NO. 10

我曾经迷恋于秋日的暖阳

那梦幻般的枯黄色像一幅安宁的画

我甚至听不见蚊子的喘息和蚂蚁的脚步声

也许一声老鼠的尖叫会触及你的伤口

让你把往事像物品一样扔掉

也许满地的落叶

会惊醒沉睡了若干年的心灵

让你把每一个乏味的日子过滤

也许突如其来的秋雨

会弹奏你绷紧的往事的琴弦

让你把久违的悲伤重新咀嚼一遍

我依然迷恋秋日的暖阳

我嗅到了阳光的芬芳

# NO. 11

当我止步于一片秋天的白桦林

并顺着它的树干抬高天空

我仿佛看见一个失而复得的世界来到了我的面前

雄鹰踩在白云的背上把阴霾驱赶

小鸟衔着歌声重新打量着前程

青草铺满了天空

阳光穿透了大地

鱼儿翱翔

飞鸟沐浴

# NO. 12

总有一场风雪会赶在你的预料之前来临

当冰雪封锁了大地

一切严寒的谩骂即将开始

那些关于春天的只言片语仿佛已冻僵

每一棵小草的耳语被压在石头之下

没人挪得动它

雪会在冬天给大地戴上面罩

捂住一些诱人的未来

有时真想赤裸着躺下来

让风雪褪掉身上的无奈

# NO. 13

对于一场流言的态度，我选择妥协
就像面对一枚果子中，被我咬断躯体
的虫子，你想吐，但已下肚
总有一些类似虫子的东西被我吞下
而我免疫力极佳

# NO. 14

就是在此刻

在阳光即将沉淀的午后

一片枯叶，就像镀上火焰的蝴蝶

在十月的天空下翻飞

我坐在一块石头上

让清冽的泉水穿过我的体内

我能听见秋水敲打着我的骨头

然后将我撕裂

也许我曾经被温柔所伤

但我没法揭去往事的血痂

那些新鲜的记忆是否还和原来一样

# NO. 15

我在一片喧嚣中沉默

小树安详地陪伴在我的身旁

一只玩水的麻雀抖动着幼小的躯体

听见了它对我的耳语

时间之水已将我打磨成一粒顽石

就在那时候，我忽然想起

我的旅程才刚刚开始

刀枪不入的思想

也许是我永远的盔甲

# NO. 16

太阳每天都在追逐同一个日子

日升日落只是它的一次次假寐

月亮每天都在追逐着太阳的炽热梦想

月圆月缺，只是它的一个个伤疤

而我呢，逐日者？怕被热情灼伤

追月者？怕被冷漠击碎

我只能坐候后羿的音讯与嫦娥的消息

# NO. 17

我不会轻易让一朵花在夜晚开放

夜晚在我和花朵之间

编织着一块梦想的神话

直到我把一杯凉茶攥出一簇火焰

这是多么漫长而伤感的过程

当我的双手被压在尘世的浮土之中

谁也不会理会一双手撕心裂肺的呐喊

而我仍然会独对一朵花

用寒露为她疗伤

直到枯萎或者绽放

## NO. 18

我想跪下，并解下我雪白的围巾
去裹住一颗小树不易觉察的忧伤
谁能握住光芒呢？
把一截幸福敷在它的伤口之上

我听见阳光的呻吟
仿佛被大地包裹
那些匆匆奔忙的脚步
甚至来不及擦去鞋上残留的小树的目光
那些被霜侵蚀过的地方
就是小树梦想的春光

# NO. 19

我往往选择在午夜旅行

一盏孤灯伴着我徜徉

满树的桃花，成筐的鸟鸣

丰满的夜色，出色的寒雪

都将在我的视线里消失

当黑夜缠绕着我的旅程

在不曾预料的寒风中

一句喃喃的低诉

会让我的脚步翻过荆棘密布的围墙

# NO. 20

从来都没有人给我说出时间的下落
它的藏匿，让我奔向毫无目的的远方
当我从一股混浊的流水中醒来
岸又在何方
时间之水就那样静静流淌

当我经过一条长凳
有一个人静静躺在上面
我拨开他脸上覆盖的枯叶
他幸福的笑声让秋天灿烂了几倍

他说他是我
这是一个秘密
到后来我发现
寻找影子的过程是追寻时间的捷径

# NO. 21

我曾迷恋于用文字打造时间的银器

可是我发现

除去锈迹斑斑的往事

谁能镀亮那过往的岁月


有时我会独自坐在一眼泉边

把自己看进水里，再打捞上来

那些淋湿的思想熬不过寒夜

就被冻僵

我开始怀疑

那些我曾经热爱的事物是否真的存在

# NO. 22

我曾看见月光在一个人的嘴唇上抖动

并散发出金属的光芒

安详的脸庞

又轻轻地把微笑抹去

今夜我将睡在一片开花的苜蓿地旁

让紫色的芳香醺醉我

再听我唱鼹鼠的歌曲

当河流的嘴边泛起金色的霞光

那是我充满青草气息的噪声

穿透往事的浓荫

飞越了阳光之巅

# NO. 23

一粒沙子

一把沙子

一堆沙子

谁也无法规定它的形状

谁也无法指明它的方向，它存在着

你永远无法把它把握

你永远无法猜测它的年龄，它消失着

一堆沙子

一把沙子

一粒沙子

# NO. 24

不可理喻的生活

有时就像发生在一间房子里的

春夏秋冬，变换的四季让你猝不及防

当一朵花即将变成果实

当一枚枯叶挡住了秋天的去路

你都不敢腾出哪怕一个回头的瞬间

去看看跟在身后的春雨和瑞雪

有时候幻想穿越时空的旅行

疲惫的时候在一颗星星上歇息

让一湾湖泊停在你的身旁

让飞鸟的翅膀做你的头发

散发出流星的光芒

最后沉落在宇宙的神秘里

# NO. 25

我所经历过的青春

就像在一丛带刺的灌木丛中飞奔

猛然发现前面的悬崖

而我已经刹不住

毫不犹豫地粉身碎骨

谁能区分黄昏和清晨的界限呢

丈量自己的人生

也就是能数得清的若干个

晨昏而已　而时间之水

要么苦涩　要么甘甜

# NO. 26

在尘世中，我们的坟墓

也许就是一只虫子的坟墓

其实我们饲养着很多尘土

让它们孝敬我们的晚年


有时想起蚂蚁，也许它的胸腔

就是一堵铜墙铁壁

而我们脆弱的心灵

也许经受不住一只蚂蚁

带给我们的震荡

一只昆虫的理想 其实也是

我们的理想　一只昆虫的悲伤

甚至远远大于我们的想象

譬如蜘蛛被自己的网所缠绕

譬如螳螂吞掉自己的爱人

譬如幼虫的作茧自缚

譬如飞蛾的赴汤蹈火

# NO. 27

突如其来的秋天

会让我的浑身发紧

而秋天的阳光正试图穿越

胡杨林的缝隙　去拍打站在枝干上

小憩的麻雀　它非常珍爱阳光

就像永远把温暖穿在身上一样


其实我的秋天更简单

只要把八月的日子

放在田野里过滤一遍

就会发现那些雄心勃勃的梦想

不过是在你的沉默之上

再增加一丝成熟

有时候也会担心

一枚落叶或一声鸟鸣　会砸伤

自己保持了一个夏天的自尊

# NO. 28

就像在一场雨后

发觉自己并未被淋湿

那种窃喜是看到其他人

都像落汤鸡一样时产生的

随即一种孤独就会传遍全身


某个夜晚　你会被一个无名的故事惊醒

而情节在几天后就会重演

而主人就是你自己

有谁会在乎你逐渐冷却的

幻想的翅膀

# NO. 29

我常常不敢触及一些严肃的字眼

譬如生命，譬如尊严

我热衷于把玩文字

热衷于把汉语的所有潜能

都发掘出来，让它们鲜活

让它们富有生命的律动和激情

尽管生命只是一个过程

结果却在人们懂事后早已真相大白

# NO. 30

我有时在孤独中倾听寂寞

有时在寂寞中倾听孤独

而沉默像泉水一样会浸润我的双唇

让我不得不对着黑暗说话

没有歌的黄昏　没有雾的清晨

没有大路的远方　没有鲜花的青春

有谁会带给我勇气和信心

面对死亡，把自己打开

# NO. 31

常常听到记忆碎裂的声音
那些布满哀愁的声音
仿佛谁在寂夜中发出的
亡灵般的一声长叹
每个霜降的夜晚
我都试图捂着怕被冻坏的伤口
但伤痛还是溢出了时间的手指
然后滴落
然后凝成冰，与霜对视

# NO. 32

仿佛整个世界的秋天

要在一个下午或者黄昏出现

那么多的暮色在纠缠一段

火烧云般的时间

如果还有什么秘密

那么，我甘愿说出

隐藏在落叶中的时光

干缩的苜蓿花

憔悴的树枝

面孔苍白的过往的路人

行色匆匆的飞鸟的翅膀

田野很冷 几只蚂蚁抱着自己取暖

# NO. 33

在黑夜里，我也会迷恋

一片无法看清的白桦林

在青草的根须间

我要努力地把隔夜的露珠提炼出来

因为结在白桦树枝头的的鸟鸣

还要等待露珠的滋润

而它嘶哑的喉咙

绝对不能引领

这个雾气飞奔的清晨

# NO. 34

低沉的乐曲

会把无边的夜色撕裂

隐藏在大地中暗暗生长的

早春的利器，把一个伟大的

信念砍得七零八落

而在迟一些的五月

红樱桃会把一种姿态

躺成怒放的花朵

让我再也没有勇气和爱情对视

# NO. 35

如果大地退去，我会扑向海洋

如果海洋退去，我会扑向森林

如果森林退去，我会扑向天空

如果天空退去，我会扑向飞翔

如果飞翔退去，我的翅膀呢？

# NO. 36

有时候仰望空中的飞鸟

是目光的一次远游

假如我是鸟

我会把对人类的恐惧从心中移开

让华丽的羽毛遗落民间

让在节日里欢跳的孩子

把我的幸福像风筝一样传递

一声鸟鸣的消失

都是惊天动地的大事

# NO. 37

真正的时光就是这样

清晨扫露水，傍晚看夕阳

和清风握手，与细雨谈心

让镰刀回到田野

把收获装进粮仓

把一天当作一生来过

把一生当作一天来过

## NO. 38

我是一个总在赶路的人
总在担心我无法预知的前程
没有一匹能穿越时光的坐骑
把我从尘世的琐屑中拔起
我紧贴着大地
在体内酝酿着一场风雨
在雷电没有到来之前
我就要回到秋天
打开石头和鲜花的城门
在我还没有被击碎之前

## NO. 39

一朵雪花的哭泣会用尽她一生的力量

一段烛光的跳跃会用尽一生的泪水

我们廉价的所谓哀愁，所谓幸福

就像风吹动一枚枯黄的叶子

就像浪花从波涛中走出

就像把一枚毫无感情的戒指

套在认识不久的对方手上

# NO. 40

我不刻意留下一丝痕迹
微风慵懒地吹过　阳光颤抖
一只鸟儿把声音隐藏起来

我躲在阴影里　看一位赤脚少年
走向河边
我无法准确掌握他的动向
更不能判断河流的走向
恐惧与担心弥漫了我

此时　岸上鲜花怒放
三月把隐藏的绿意泼出来
有好多植物在做着改变
只有我 和它们倔强地对峙着
仿佛我不存在于这个世界

# NO. 41

面对一束早开的雏菊

我把她看作一位

风尘女子 很娇羞地向世界

打一声招呼 然后莞尔离去

丝毫不顾身后的事情


而在不远处 秋天

跟在她的身后 偷窥

她遗留的落红

和那影子一样的香气


也许再早一点 阳光会

绕过她的金黄的裙子

打量她醉后的酡颜 或者

把心事折叠起来 备做

不用遮拦的小小的幸福

# NO. 42

我探访过城南一带

对那里心有余悸

有人在此拒绝过我的爱情

因此我怀恨在心


如果时机成熟

我能否东山再起

现在 我只能看见

一截古城墙上

坐着我的半生

# NO. 43

没有谁能够掌握时间
在午后  这世界突然
安静下来  猫踮着碎步
走过主人午睡的客厅

有人要从我的眼中取走孤独
情节有点逼真  我无处可逃
只好闭上眼睛
把这个世界拒之门外

# NO. 44

我将卸掉身上多余的俗气

把不堪重负的洒脱丢弃

隐藏在楼宇间的麻雀

觊觎着发呆的树叶

我该怎样呼吸

才能停止这世界不断的侵袭


和你一样 把自己的生活

调成一杯啤酒

喝下泡沫 留下杂质

## NO. 45

一束阴影之下　鸟儿慢慢移动

它看不到自己的影子

惊恐控制了它　战栗

它想逃出自己的坟墓


不能承受那么多夜色的重量

你轻声地呻吟

对这个世界也无济于事

你躲在角落　任凭人们

从你身边匆匆而过


你水痘一样的小眼睛

藏了多少这来自世间的威胁

而你的目光依然清澈

在阴影之下　闪着明亮的光

# NO. 46

我花了一个下午的时间整理旧时光

把房间打开

看见了若干年前的阳光

脚印清晰　现场是一只死去的苍蝇

和一截蚂蚁的尸体


我站在原地　能感受到

所有过去的事情

在我的身边奔跑

我想抓住其中之一

但只抓住了一个低沉的声音

那是好多年前逝去的父亲

的声音


"没有谁会留住你"

# NO. 47

天蓝得让人发怵 孩子

把风筝挂在风中

天空像一张纸 被谁收留

太阳很随便 无法收藏

自己的内敛 一个角度的转向

就会看到一个人的影子


这是很痛的领悟 纯净

往往是在仰望中得到验证

那种习惯把自己藏在角落的人们

在大声呼喊

我要天空的天

我要天空的空

## NO. 48


这是比较尴尬的时刻

就像一张不愿张开的嘴

呢喃着说出一朵花的名字

然后 一个女人就舒展了


也许在某一个午夜 你会

流着泪说一些不愿提起的话

然后轻轻地搂着我的脖子

对我耳语


一朵花的绽放 也是这尘世

一点小小的幸福

当你把隐藏其中的苦难

呈示给一个失去理智的世界

谁在乎你的晨开暮落

# NO. 49

就像弦乐在马蹄声中

打开了节奏 细微的晨光里

阳光在重新过滤糟糕的一天

无比沉重的露水 此刻

也在仔细打量这个陌生的清晨


风过去之后是什么

雨过去之后又是什么

谁在铺开鸟鸣的温床

让滋生的那些始料未及的情节

藏在树木的身后 躲避

被岁月磨砺的

来去匆匆的行人

第六辑：人间仙草

# 青 黛

那女子挽起凝霜之臂　轻轻一抹

群峰陡立　江川止步

青出于蓝　那蓝泼洒出裙装舞步

你挽我出入于峰间水畔

妩媚和婀娜填满了山间和心间的空阔

长叹一声　我已将尘世的风霜

涂在你略显疲惫的素颜之上

长发飘飘　你眼中的靛蓝

仿佛一场盛筵　已经安排好

来生喜怒哀乐的菜单

# 三 七

我在山间枯坐良久

想把自己活成一棵树的模样

无奈风寒总是乘虚而入

结晶成隔夜瘦瘦的咳嗽


俯身向下　你把自己

最终雕刻为风干的人形

伙伴们早已不知去向

你挺直身子一点

孤独就多一点


于是努力研磨　再研磨

即使粉身碎骨

也要堵住思念张开的血盆大口

伤口很痛的时候

你是疗救世间风尘的良药

# 当归

把花和叶用歌声隐藏起来

粉白色的米粒一样的花

和纤细的绿叶  相继褪去繁华

在风中起伏成一季盛装

我是生长在乡野山间的上品  穿花袄的翠花

谁唤我  从抹不开的浓雾中抽身

五月的氤氲花香 给水洗的石头擦身

请种下我的相思  保留我的洁净之身

归来还是归去  已了无牵挂

一声鸟鸣此时翻过山崖

辽远成清风明月  你我的天涯

# 人 参

有时真想捏一个泥人

和自己聊聊地下的事情

那些路过的野草啊菌菇啊

总要把自己打扮得像春天

其实他们的张扬是有道理的

他们冒尖的瞬间

正是三月和四月走下山顶的时候


一个人想把自己活成人样

确实不易　要经历多少风霜

才能做到风尘仆仆而心灵澄澈

而人世间的诸多光芒

也许擦身而过　也许盈袖满怀


最终　我们需要熬一锅老汤

补补缺血的人生

这苍苍茫茫的人世

有多少风云波澜拔地而起

# 地 黄

早逝的父亲　常常在

我看得见的清晨

前往河边淘洗药罐

那回声响彻整个山谷 像他的咳嗽


顽疾就是一味地黄炼就的中药

纠缠了父亲隐隐作痛的晚年

仿佛他蹒跚的脚步　走在

趔趄的村庄边缘 我的目光

随着他的摇摆而不断抖动


我知道父亲心中的棱角

在他去世多年依然坚硬

那尘土飞扬的乡道之上

他的身影逐渐瘦小干枯

化成我每年都要祭奠的风水

# 麝 香

每个人的灵魂里

都安放着一缕馨香

被什么人什么时候取回

取决于你能不能忍住

你体内日积月累的锋芒


麝啊  你孤寂一生

却能把思念凝结成霜

人间至香  总要在某个人肩头

痛哭一场  才能得到你想要的

小小的善良


道路有时候会停下来

等一等  你眼中的暮色

仿佛旷野已经走丢

唯留沧桑的尘世大雪飘扬

## 五味子

人间疾苦莫过于此
有些事情是熬不过秋天的
就像你用猩红的嘴唇
轻轻含着一个人的清欢寡淡

几乎是把你承受不住的惊恐
慢慢地卸下来　然后脱身
赶不走的回声
一直在风的耳边生长
被磨成毛边的夕阳影影绰绰

千秋山河　不过是一道道
飞过眼中的鞭影　蓦然回首
还剩多少岁月　等你还清
来世的孽债

# 甘 草

你想象中的原野  繁华一片
你抖落的  仅仅是袅袅炊烟
这是一种仪式 不知为谁的莅临加冕
众草退去 此刻你是草中之王
把自己的江山细心地清点一遍

这紫气氤氲的天空
随意派遣某一位神仙
身披一地青绿色的锦缎大氅
遮住甘草散发的缕缕香气
却镇不住心存喘息的
咳血的清晨

甘草  甘草  已无处可逃
你只有把咬紧牙关的疼痛
咽回被秋风撕裂的黄昏

第七辑：评论

# 深爱着贫瘠的土地和秋天

## ——冯雄的《大地诗意》及其他

李生滨　王　丹

诗和诗的批评是有关心灵、生和死、时间与存在的探讨思考，而诗意的审美涵养，既要看到高远的东西，又能关注最细微的东西。"在乡下度过四季"，仰望苍穹和雄鹰，俯瞰大地和草木，执着于生命和养育生命的贫瘠土地，冯雄在乡村风物和对四季变换的悲悼里成为一位乡土诗意的守望者。

冯雄1964年出生于宁夏海原县一个普通的乡村，1981年考入固原师范专科学校中文系。受新时期文学热潮和朦胧诗诗潮的影响，喜欢上了诗歌，大二时与同学创办了油印小报。1984年毕业被分配到海原县关桥乡中学教书，在那里结识了化学老师赵建银，就是后来一起写诗的梦也。从1986年9月在《朔方》发表处女作《遥寄》开始，相继在《诗歌报》《诗歌报月刊》《诗刊》《人民文学》《十月》《绿风》等报刊发表诗和散文诗三百多首（篇），是宁夏60后和西海固乡土诗群重要诗人。另有电视剧《远村》获宁夏回族自治区成立四十周年大庆电视剧本三等奖，电视小品《孙三赶集》获 1989 年宁夏戏剧影视小品大赛一等奖。1990 年加入宁夏作家协会，2013 年宁夏诗歌学会成立，冯雄被选为副会长，2016 年加入中国作家协会。2010 年出版诗集《大地诗意》，因直面西海固生存的严酷现实，有震撼人心的冲击力。诗人说，在诗歌创作中比较看重语言和意境。而笔者认为，其执着乡土的深挚情感才使作品具有了感人的内在力量。

有人在采访和评论中说，冯雄的诗歌追求在传统与现代之间。这说的是冯雄诗歌的语言、情感，还是形式和内涵？其实，这是诗人至今矛盾的人生理念导致的错觉。当自己无法决绝地割断与土地和乡村人伦的血脉关系，却在朦胧诗双重的启蒙反叛里寻求自我价值的肯定时，冯雄爱上了诗歌。爱情是诗人无法回避的，青春渴望情感的释放，生命的荷尔蒙借此煎熬成一行行诗句。冯雄留存自己诗歌作品时有意无意在遮蔽自己曾经的情感。这种情殇貌似矜持的背后，恰恰说明诗人何以成为诗人的敏感所在。这种激情和悲鸣的自我拯救，少有人理解。最早触及冯雄诗歌硬度内质的是唐荣尧，"深读下去，会是一个真实的西海固和他的守望者的声音"。[1] 守望者的声音与激情有关，与沉重无关。

冯雄诗选集《诗意大地》2010 年 7 月由宁夏人民出版社出版。诗集由冯剑华、石舒清分别作序，收作品 126 首（组），大多数作品苍凉而悲怆，乡村大地惯常的意象反复出现，但读来并不枯燥单调。因为这些平实的意象熔铸了诗人多年的生活感悟，尤其是以切身的体验投注在所关注的事物上，用王晓静的话说，"用诗的语言跨越时代而衔接，拉直，延展，呈现出来一种流动的意象"[2]，从而升华出对大地故乡和所有生命的敬畏之情。

① 唐荣尧：《清晨里飘来的乡音》，见冯雄《诗意大地》附录，宁夏人民出版社 2010 年版，第 224 页。
① 王晓静：《梦断乡心又一程》（文学评论集），宁夏阳光出版社 2013 年版，第 270 页。

确实如臧棣所言，真正的诗歌批评要成就的是，一种渗透着伟大同情的洞察。诗人着意用诗意装饰大地，泛泛而读的评论者却迷恋这诗意的浪漫和淳朴，在门外徘徊颂赞。没有理解冯雄用诗意掩埋的疼痛，怎能进入其诗歌的语言、意境和感情河床。血脉连心的疼痛，支撑了诗人语言的追求，矜持的自尊约束了诗人的抒情张扬。或者说，不是哀怜地面对母性的大地恩情，而是让大地保持尊严的锥心歌吟，诗人因此斟酌每一个字，留意每一个细节，苦心琢磨意象和意象的独特内涵。"我很容易讲述一个真实的世界，干燥。寒风。皲裂。苦蒿。皱纹和白发，沟壑和山塬。但我不能目睹一个个相似的日子演绎着苦难与饥渴，与生俱来的欲望与撕破喉咙的呐喊。"深情之语，不需要故作高深的哲学思考和批判，"谁统领着这样的秋天，马车空仓而归，鸟儿倒地而毙，牛羊气绝而亡，树木净身而死，河水断流而竭"。①诗集跋语六节，就是诗人的宣言。悲苦和无奈，疼痛和激情，以及诗人的高贵和矜持，流露无遗。同样矜持的石舒清，在看似亲切的《冯雄印象》中，用了一个词"硬倔"。不是一般的倔强啊！"我是一名园丁或者工匠，我赋予世间万物以命运的场景，用思想去撞击灵魂，让隐痛与忧伤变成永不褪色的芬芳。"②因此，冯雄写诗，早年是因为朦胧的青春，后来是因为明确的爱情。生命被唤醒之后的诗人，写作的目的归根于"用词语说出我的疼痛"。

这种疼痛的表达离不开土地和秋天。一部《大地诗意》，百分之六十以上的诗以秋天为主题，营造了无数有关秋天的意象。春天播种，夏天生长，秋天的大地就是一年收获的期盼，西海固生存的残酷因此显现。

②冯雄：《诗意大地》，宁夏人民出版社 2010 年版，第 230 页。
①冯雄：《诗意大地》，宁夏人民出版社 2010 年版，第 231 页。

郊区之外　一些闲言碎语

拼命拥抱晚报消息　就像

渐浓的秋色　悄悄染黄

田野里的葵花或者白菜

白杨的花絮　无处栖居

是谁把它的房子毁坏

那秋天的无奈　已让我的内心

成为一片灰烬的大海


这《消息》是什么？但暗合的就是焦渴干枯的大地。春花有情渴望风雨，苍天却无悲悯之心，干枯了一切庄稼草木的大地，就是"一片灰烬的大海"。

同样，因为天地苍凉，才会有这样的"眉目传情"和恐惧：


我想　秋天也许是阳光下

一颗跳跃的麦粒

是一只鸟和另一只鸟之间

不易察觉的一次眉目传情

是炊烟引领的乡村的

屋顶　是苍鹰高旋的

无云的天空，谁也不敢说

秋天　是他独自享用的盛宴


苍鹰高旋，天空无云，恐惧在心里滋生，"谁也不敢说秋天是他独自享用的盛宴"。秋天的丰饶是大地的丰饶，大地的贫瘠就是秋天没有收获的绝望。

天地荒寒，雨水枯竭，生命可贵，人与大地苍凉的对抗里多了对一切生灵的悲悯和敬畏。咒语般的《乌鸦》刺痛黑夜和白天，《青草谣》是大地干枯的悲歌，夜行的"马车"划破村庄的寂静，诗人看到的不是坚韧的沉默，就是决绝的死亡。

熟悉冯雄的石舒清分析后说："冯雄其实是悲观的人，同时他也是很坚韧的人，正因为他足够内敛和坚韧，使人有时候看走了眼，把这个实际上悲观的人，看作了一个乐观者。"直面死亡的疼痛唤醒诗人的悲悯情怀。"一只鸟的飞翔 是如何 / 低于大地 甚至泥土。"从飞翔入手，诗人以深邃、冷静的目光注视着自然与生命的关系，自由美好与看不见的力量在搏斗。鸟儿欢快的歌声荡漾在蔚蓝的天空下，一幅美妙、和谐的画面，诗人看到的却是生命的渺小与脆弱。纵然，此时的鸟儿自由自在地飞翔在大地之上，但终有落地为泥的一天，生命个体终将回归大地，这是宿命，也是规律。万事万物都是矛盾的统一体，泥土孕育了万物的生命，自然也会成为万物终寂的归属之地。"我"作为一个行走在大地上的见证者，目睹卑微的生命的消逝，却只能做一名"抱紧双翅怀藏哀愁的过客"。生命不再像诗人们歌颂的那样伟大，此时它是如此卑微渺小。"死去的星辰""死之盘踞的废墟"不知是怎样的"轻易抹去"和"捣毁"。生命的终止不留下一点痕迹，仿佛流星一般稍纵即逝，好像从来没有存在过。生命的过程，任凭你怎样精彩，终究不过是过眼云烟。死亡之中蕴含着新生，而新生里亦孕育着死亡，鸟儿的飞鸣是生命华美的乐章，却也离死亡更近了一步。"晨曦的亮光 / 神秘而痛楚。"同样，"晨曦"带来的是新生是希望，亦是灭亡与绝望。如鲁迅在《野草》里引用的裴多菲的话："绝望之为虚妄，正与希望相同。"① 生命落入生死轮回、循环往复的漩涡中，无法寻得解脱之道，留下的唯有"神秘"和"痛楚"。"那些被闪电击中的果实／是天空垂向大地的头颅。"任凭你如何反抗，终究抵抗不过命运的捉弄。顽强了一生的"果实"竟被偶然的闪电击中而向大地垂下头颅。叔本华说过："一切生命，在其本质上皆为痛苦。"② 人的一生就是一场悲剧，"悲剧的结局往往为生命的牺牲"。③ 命运就在这偶然与必然之间隐藏欢乐，显现凶残和暴力。诗人总能在灿烂美好的意象中窥见生命的悲剧性终结。

　　天地不仁以万物为刍狗，人因同情和悲悯而孤独。1995 年西海固大旱，祈雨无用，在强大的自然和灾难面前，诗人仍然坚守一种期望，悲观而不绝望。龟裂的大地、暴晒的阳光、刺骨的寒风，人的生存，一切生命的挣扎，显得如此悲凉而壮观。《预感》："在春天的第一个早晨／是谁站立在一枚树叶之上／呼唤着火焰／我看见高举酷暑的旱魔／向春天的方向／悄然潜行。"这样哀伤的语句绝不是一个生长在城市的诗人所能感悟得到的，若不是诗人经历过干旱带来的极度苦难，绝不会在生机盎然的早春看到"酷暑的旱魔"。如今，虽然城市文明侵蚀着乡土秩序，但总有虔诚的乡土守望者依旧将土地作为自己的物质与精神的归属之地，那是一种说不清的深入骨髓的乡土情结。所以，纵然"我知道／一首心酸的民谣／将在我关注多年的土地上启程／那些粮食们／已保持不了多少向上的激情／而我依旧／把手中的风暴坦露给原野／酝酿墒情／预感来自一枚树叶的枯萎／那些失去水分的花朵／正在提醒／如果没有我　谁将是／大地上最后一位证人"。诗人明白雨水对土地的重要，纵使毫无希望，却依旧坚守。直面死亡，忍受疼痛："我的疼痛穿过村庄的一条小道／就像一只狼舔尽了伤口的血迹

①鲁迅：《野草》，天津人民出版社，2014 年 4 月，第 22 页。
②叔本华：《意欲与人生之间的痛苦》，上海三联书店，1997 年 12 月，第 10 页。
③朱光潜：《文艺心理学·谈美》，中华书局，2013 年 6 月，第 345 页。

／再把凶残找回。"秋天苍凉的显豁主题外，"疼痛"始终是冯雄直面大地、死亡和爱情的敏锐感受。无论是对当下故土的隐忧，还是对人生命运的沉思，尖锐的"疼痛"时时打击诗人的心灵。如《祈雨》中，干旱引起诗人对大地子民的悲悯。贫瘠的土地和无望的秋天带来的"疼痛"几乎已成为诗人的宿命。生命的苦难纵然使诗人悲伤，甚至有逃离的冲动，但精神上的牵绊使诗人时时惦念故乡。魂牵梦绕的记忆是乡土的生活和景物，这是一种无法自拔的命运认同和情感归属。就如诗人在《苦艾》一诗中所表达的："九月星辰降落／那大地唯一散发幽香的／精灵　逼进／我返回童年的村庄。"诗人在精神上从来没有离开过故乡，他将故乡的苦难当作了生活与记忆的一部分，而忍受"疼痛"的悲悯却成为诗人内心的常态。

诗人静默死亡的观察和掩埋疼痛的文字，在最狭小的空间获得情感的涅槃。冯雄从大地劳作的生活中汲取上进的力量，在读书的觉悟和诗歌的爱好中验证生命的价值。石舒清曾这样评价道："冯雄是那种肩上有重担，心里有锐痛，表面上难以看出来的人。"[1]诗歌的气质必来源于诗人的个性、情怀及对世界的感悟，冯雄的诗和其人一样透露着坚韧的内蕴。他的诗不是单纯地依靠技术来黏合，而是随着心底的记忆和感受的流动来展开，他将对故土的全部情感熔铸于质朴的语言和清亮的意象之中。"坦白地说，一个人生命有限，不一定遇上大时代。同样坦白地说，'大时代'也许从来都是从'小时代'里滋生而来，两者其实很难分割，或者说后者本是前者的一部分，前者也本是后者的一部分。抱怨自己生不逢时，不过是懒汉们最标准和最空洞的套话。文学并不是专为节日和盛典准备的，文学在很多时候更需要忍耐，需要持守，需要旁若无人，需要繁琐甚至乏味的一针一线。哪怕物质化和利益化的'小时代'正成为现实中咄咄逼人的一部分，

---

①冯雄：《诗意大地》，宁夏人民出版社，2010年版，第9页。

哪怕我一直报以敬意的作家们正沦为落伍的手艺人或孤独的守灵人……那又怎么样？我想起多年前自己在乡村看到的一幕：当太阳还隐伏在地平线以下，萤火虫也能发光，划出一道道忽明忽暗的弧线，其微光正因为黑暗而分外明亮，引导人们温暖地回忆和向往。"[1]从韩少功这段话得到另一种意义印证。

冯剑华在序《钟情于大地的歌者》中指出："冯雄敬畏自然，钟爱大地。他对于自己生活的那片贫瘠的土地始终不离不弃。"[2]同样熟悉西海固熟悉冯雄的梦也说："以'苦焦'出名的西海固，在外人看来并不诗意，但从精神的层面上讲，却又充满了诗意和救赎的力量。"[3]因此，也有人评论说，冯雄用细腻的笔触描写西海固，写出了这片土地上人们生活的风貌，"给我们展现了一个具有人文情怀的西海固"。

当然，"在冯雄的诗意世界里，其'马车'的影子，总是穿行于乡间古道或是秋月冷霜之下，而'遍地歌谣'又会把我们带入远古的苍茫和邈远。"[4]因此，同样生长于海原的"三棵树"，有着哲学追求的诗人马占云（左侧统）狷傲孤僻，从苦难的大地寻找生命的启示，也可以说是从哲学的路径去拓展西海固地域文化的形而上空间，多了理性维度的思考。作家石舒清，贴近生活，静默细致地考察那片土地上生活的人和人之间的情谊，还有人活着的道义和正信的力量。不同于左侧统的清高高蹈，有别于石舒清的内敛文秀，冯雄是同样深爱着贫瘠的旱塬黄土，却以自己的疼痛感受为价值核心，在语言的矜持中一点一点释放内心的激情，在矜持的自我掩饰中寻求诗人的身份，形成一种简朴冷峻的抒情风格。

另外，冯雄表达疼痛的语言锤炼几乎到了虔敬的地步。诗人批评家臧

---

①韩少功：《夜深人静》，《前言：萤火虫的故事》，中信出版集团 2015 年版。
②冯雄：《诗意大地》，黄河出版传媒集团·宁夏人民出版社，2010 年 7 月，第 3 页。
③梦也：《根与枝头的花》，见冯雄《诗意大地》，宁夏人民出版社 2010 年版，第 225 页。
④梦也：《根与枝头的花》，见冯雄《诗意大地》，宁夏人民出版社 2010 年版，第 225 页。

棣说过，学会敬畏语言，只会有助于一个人从诗意的角度去领悟存在的秘密。一个优秀的诗人必须琢磨自己的语言，冯雄诗歌创作的成熟时期（1990—2010年）的语言是朴素而简练的。在推敲语言的同时，冯雄也特别注重意象和意境的建构营造，娴熟而无意识的借鉴来自语文老师多年浸淫古典诗词的精细涵养。这种诗歌语言和抒情特色，就是诗歌语言的跳跃性，意象的叠加，物象的简练，言有尽而意无穷。精致的短诗《一个人》《乌鸦》《三朵雪花》，古朴简练。若没有了第四节，更加蕴藉典雅。《铁匠铺》《霜降》《暮秋》《怀念蚂蚁》，散文化的上、下阕结构。冯雄的诗情感是饱满的，语言的自觉如果能够坚持下去，必会自我释然而更加从容。

冯雄这种掩埋疼痛和锤炼语言的风格，包括意境的营造，2009年之后，多少有了变化。冯雄也是写爱情诗起家的，但"硬倔"的诗人忘了当年的清新和随意。情感的执着和文字的锤炼，成就了冯雄诗歌创作的高峰，也约束了白话新诗的自由和流畅。从诗的严谨里纾解，散文诗的语言简练而清朗，包括《诗意大地》的六则跋语。抒情诗《我见证了十年的时光》和颂赞组诗《攀着历史的肩膀》，以及命题组诗《大河上下》，在以往的语言和基调之外，多了活泼的联想和辞藻的渲染。对诗人来说最可贵的，是在扩展了的地理景观的行走游历，审美情感打开了一些，"静观云朵在清澈的河面上翱翔／静听一块石头在水底轻轻喧哗／而心中 一眼喷泉在放声歌唱"（《河岸》）。2013年，冯雄先后在《朔方》和《黄河文学》发表《秋意渐浓》11首，初步从对土地的挚爱和情感的伤痛中苏醒过来，开始羞涩地打量城市的树木和自己的背影。2014年从组诗《我遇见了一群乔木》，和添补的新作共6首，诗人瞭望远方，消解了某种焦虑。2014年的《诗意江南》和2016年的《一路向西》，诗人在抖落多年生活压力的行走中多了沉静，心生惬意的微笑……

青春不再，岁月无情，宁夏 60 后诗人至今坚持写诗的不足一半。"虽然梦也、冯雄、张铎、唐晴调到了银川，但他们的诗作有着西海固深深的烙印。他们在诗艺上各具个性，但在价值期许上几乎见证了从'朦胧诗'至'村落终结'的整个乡村社会变革过程。"①冯雄是一个没有放弃诗歌的人，让我在岁月沧桑的感伤里敬重和期待。"我不想看雄鹰在天空之城 / 御风翱翔 俯瞰流云 / 我不想看群马在草原腹地 / 迎风长嘶 奔腾逡巡 / 我只想看一队蚂蚁 绕过我的 / 脚边 浩浩荡荡地 / 走出我的视线。"②生活在银川的冯雄，少了当年的激情和沉痛，更为庸常和矜持，但诗人的回忆附着在"一路向西"的向往里，拒绝来世的繁华，敏感于大地的"伤口"，试图体验更豁达的疼痛和诗意，让生命能够时时超越庸常。

---

①杨梓：《宁夏诗歌史》，宁夏阳光出版社 2015 年版，第 165 页。
②冯雄：《冯雄的诗》，《六盘山》2016 年 4 期。

# 大地上的诗意
## ——阅读冯雄《诗意大地》

王晓静

西海固是一片滋养文学园林的沃土，有石舒清、郭文斌两位作家从这里走向全国文坛，摘取鲁迅文学奖桂冠。至于"文学宁军""三棵树""新三棵树"的提法陆续成为宁夏创作队伍实力俱增的标志。评论家郎伟《写作是为时代作证》里叙述宁夏的文学风景，地域的狭小和偏远并非意味着精神空间的逼仄与狭窄。

阅读冯雄《诗意大地》，对《写作是为时代作证》的评说，终于从中得到了某种程度的印证，有了确凿的体认：过去一贯用"苦甲"冠名的区域，其浓郁的诗意与别处并无二致！

那些如西海固民风一般淳朴的诗情，阅读时如同在故园的田野里行走，与那些熟悉的风物进行着心灵与思想的交流。当诗人身处异地，故土之情不经意间由南飞的雁阵延伸出去，牵动诗人的心绪："多么富有的一个编队，在行进中拥有那么多白云的心脏……（《怀念雁阵》）"白云的心脏"

仅限于传统意义上的拟人手法吗？似乎还有诸多可比拟的意象从心间掠过，一行雁字，惊不起半点潭影，镶嵌在星际旅途的心脏里，仅凭一念想象达成物我两忘，不知作者偶得的创意里是否有刻意雕琢的成分，但摆在诗行里，却如璀璨的珍珠，无翳自明，明媚传神。"白云的心脏"于雁于人，物我同一，其悠然自得，相忘于江湖，在西海固的土地上，诗意地栖居着。相对广阔无垠的天宇，经年累月蕴蓄下来的这一隅诗情，照样以朦胧之美陶冶着诗人的情怀，一点诗意，一片痴情，皆彰显了本色。

立足西海固，仰望蓝天，"白云的心脏"里，饱含着几代人艰辛生活的身影：祖父从风箱里拉出火／然后锻打铁的坚韧／他一半的岁月／就这样朴实而壮烈地度过（《清秋水域》）。父亲这一代人的生活又是别样的风景：很老的乡情／藏在取暖的袖筒里／任许多粗糙的大手摩挲着／直到细雨轻叹一声／躲过了严寒（《话说乡情》）。到了我们这一代人又是另类的生活：现实的人类／善于在树枝上寻找欲望／在这氛围之外／一场雪下透世外桃源（《走进春天之前》）。三代人不同的生活际遇，在不同的诗行里，断断续续地连成一片。祖辈的生活中，依赖风箱这种原始的工具满足生存的基本需求，却也有着如火如荼的盛大场景，在贫瘠的土地上，人们充满热情地营造向往的生活。风箱催动的火焰是微弱的，冶炼出钢的坚硬品质与时代和鸣共振，在西海固这样的偏远山塬，轰隆隆的余音还在诗人的听闻中留有印迹，隔代洄溯，理解了祖辈艰难生活中的诗意，因而呈现为笔下的诗情。祖父那一代人的生活像"火"的颜色，艰难、壮烈，又不失坚韧；父亲这一代人的生活像"雨"的颜色，苦焦、惶惑、求索，慢慢地回归大地的本性；我这一代"雪"与"树"的颜色都源自祖辈与父辈的积淀，才有了可以肆意涂抹的纯粹底版，树的颜色已成为生活的主色调。生活的轨迹如色泽的浓艳，每一时代的辉煌与平淡，能用诗的语言跨越时代而衔接，拉直，延展，呈现出来一种流动的意象，能让读者的思绪中断又续弦，在所有读过的诗与读不懂的诗之间，这是富有叙事意味的诗，富有史家风格的诗。

西海固文学园林里一以贯之的诗情画意，从未因生活原有的苦难而逊色，而心灵的选择，使生活的具象有了细致的区别。"白云的心脏"这样的"诗眼"在作者的无意之间，在读者"神而明之"的会意之间，仅从一个山塬的"崾崄"望进去，西海固大地上的诗意无处不在，无时不有。

一本薄薄的诗集，几缕短短的诗行，将人们的生活诗意地再现，让读者浮想联翩。"诗的种子"只有为数不多的几粒，在读者的眼里却能呈现万千诗意，将读者引入童年诗情画意的深处——《鸡鸣乡土》《乌鸦》《怀念背篓》《泥埙》《汲水的人》，再简单不过的排列组合将童年生活提炼成了一幅写意画，有景有情，有物有人，还有背景和动态，一幅"童年写真"足够包裹西海固的诗情源泉以及生命的全部奥秘：


一个人很自然地来了
一片黄土的胎衣遮住了双眼


一个人没留意大了
听到春天穿过树林而渐渐走远


一个人不小心老了
寒凉的墓园里哑巴在哭喊


一个人忍不住走了

一堆土为他准备了一生的晚宴

　　生活如同平凡的四季更迭，经历春夏秋冬，风霜雨雪，以过程涵盖意义，以过程创造价值，因为有一层朦胧的诗意相依相随，所以诗人在生活的旅途中，有自得的收获：

　　我怀揣果实　沿途打听

　　仓廪的方向　运草车

　　把那么多秋天的衣裳

　　不知挪向何处

　　"秋天的衣裳"与"白云的心脏"在归去来兮的途中，承载着诗人的想象与思考，自来处来了，往去处去了。

　　其实，诗是担负着情感的载体，生活的细枝末节与诗并无关联，而用诗来叙述这些细微处的美，倒呈现出别有童趣的诗意，一个诗人与众不同的格调，就此成全了他充满诗意的生活。西海固文学园林里不断绵延的诗意，源自每一位书写者对脚下这片土地的认知，对这一方天宇的虔敬之心，所以才有了源源不断的诗情弥漫着山塬，温润潮湿的诗情画意由诗人的笔下汩汩而流，流不尽的是与故乡的天地人之间的诗意链接。对于文学创作的审美价值而言，以"诗意大地"冠名西海固，更贴切；其背依六盘山，臂傍泾河水，对于作家和诗人来说，这是一片滋养文学园林的沃土，作者采摘大地上的"诗意"，生活其中怡然自得，二者是同一种诗意。

# 沉重与诗意的乡土抒写

佚　名

近年来，西海固文学越来越成为宁夏文学的主力军，冯雄先生的诗歌也是值得我们潜心思索、深入感受的佳作。冯雄的《诗意大地》这部诗集，其题材主要涉及的是宁夏西海固那片纯朴的土地、人情，在时代的快速发展与乡村巨变的影响下，字里行间流淌出作者以及那一部分人对故土复杂深切的感情。作者用质朴的人格、诗意的想象以及淳朴的语言诉说着故土情怀、乡村美景以及天人合一的自然心性。

一、对乡土诗歌的继承与坚守

所谓的乡土诗歌，抒发了诗人的故土之恋、乡梓之情，在诗歌的言辞纷飞中能充分感受乡情、乡俗、乡趣之美。乡土，顾名思义，所涉及的必然是给予诗人生命和哺育万物生长的厚重的土地，在这片土地上，承载的必然是在时间的涤荡与冲洗中沉淀下来的诗人万般细腻与沉重的情愫。依恋、怀念、疼痛、褒扬……诗人用简单的语词勾画出乡土世界的万种形态，将情感诉诸笔端，展现内心的细腻情殇。言说出在乡村与都市的发展中，乡村的真实面貌，乡土世界的流变带给人们的心灵触动……

冯雄的《诗意大地》这部诗集，笔端流淌的是诗人对西海固这片大地中所蕴含的种种因生活的美好与苦难而酝酿出的故土情怀。西海固，这片饱经干涸的土地，是诗人心中的疼痛，也是乡情的熟悉与亲切；自然给这片土地的赏赐，既带来了生活的质朴与温暖，也裹挟了生存的艰辛。在工业化迅速发展的时代，都市与乡村之间逐渐有了巨大的隔阂，城市的快节奏潜移默化地渗透到了乡村的世界中。诗人在这样的时代背景之下，创作的这部诗集，似乎是茫茫沙漠中毅然而出的一丛绿洲；似乎也是人们在繁华、喧嚣、快节奏的都市生活背后精神栖居的世外桃源；似乎更是在现代化都市行走中人们反观乡土中国的一面镜子，反观民族文化的瑰宝，承载着民族文化的意义。诗人用细腻的笔触描绘西海固，用敏锐的心灵捕捉西海固，给我们展现了一个具有人文情怀的西海固。

二、对土地满怀深情地抒写

这些从泥土深处跳跃出来的诗句，执着于追求对自然的坚守，抒情般的乡土气息带着山间的清新之气扑面而来，让人耳目一新，心旷神怡。这些作品从不同的角度，展现了一个历史的西海固，时代的西海固，风情的西海固。诗人的乡土抒写，其实也是对西海固这片土地上自然与人文的关注。通过阅读，让人从中感受到了一个地域的脉搏与跳动，抚触到了一个地域的灵与肉。冯雄在《诗意大地》的跋中提到："我只能用词语说出我的疼痛。"一片深情寄托在每一句用思想、灵魂浇灌出的词语中。

诗人的敏感与细腻大都脱不开滋养哺育他的大地，这片养育他的土地，也是他灵魂与诗意中必不可少的传统因子。然而远离故土久居都市的生活经历也为诗人的创作添上了现代晕染的一笔。诗人的感情存在着间歇的变化，甚至是存有疑惑。其中，绝大部分是对哺育过他的这片土地的深切感恩与怀念，对故土的赞扬。在诗集中的一首诗歌《话说乡情》中："很老的乡情／藏在取暖的袖筒里／任许多粗糙的大手摩挲着／直到细雨轻叹一声／躲过了严寒。"一方面，作者极度肯定在苍茫贫瘠的黄土地上，依然在哺育着她的儿女们，历经严寒与艰辛，迎来滴答的春雨，夹杂着诗人心灵深处的感激与敬仰。一方面，这片久经干涸的土地在历史的车轮的碾压下，承载着一代又一代子孙生存的艰辛，饱含着诗人内心对这片土地温情的同情与赞扬。

别林斯基说，只有"从民族坚实的生活土壤里滋生出来的"诗人，才可被"叫作人民或民族的诗人"。冯雄在这部诗集中展现的就是在西海固广袤而又贫瘠的土地上人们的生活面貌，如《话说乡情》："在春天会伸出手来／看乡情的纹路是否依旧／播进很早以前／就生长小麦的土地／给布谷的叫声灌浆了／蹲在山顶上／盼太阳赶快把六月染黄。"诗人勾勒出了乡村生活原始的真实面貌，未有虚构，这是人民群众心灵深处最真诚的渴望与希冀。

乡土诗歌与当下的现代生活形成了巨大的反差，同样，作者在抒写时也有情感的反差，是诗歌创作中比较新奇的一种，如《话说乡情》"然后说／那炊烟笔直笔直的／乡情不会被打歪吧"，诗人在这里表达出无限的担忧与忧伤，在现代都市生活的冲击下，乡土是否会因此而逐渐变化，甚至消退……隐含着诗人沉寂的伤感与惋惜。

三、沉重而诗意的审美

诗人的审美倾向，也是值得关注的一点。诗人的乡土书写是沉重而富有诗意的，诗意的乡土画卷与浓厚质朴的乡梓情怀，淋漓尽致地传达出诗歌背后隐含的重要色彩。首先，诗人表现乡土乡情之美，追求本色的美、真实的美，留下了超越时间和空间的一个个历史镜头，一幅幅美丽画卷。

让行走在喧嚣城市的现代人，暂时放下喧嚣的城市文明，回归心灵的片刻宁静。从而反观自身，保留心中的一块净土，让希望的种子——人性的光辉，在这里生根发芽。其次，中国本来是从乡土社会延伸发展而来，诗人在乡土世界中，将自己的探索触角和感情触角伸入到乡土人情广阔而深邃的领域，把埋藏在乡土里、乡民心灵深处的民族文化瑰宝挖掘出来，再经过诗人诗意的审美化处理，展现了这部乡土诗集的厚重。最后，诗人用现代审美意识去观照一切具有传统意义的审美对象，发现其现实的美学意义，它的表现形式虽有异于传统而本色尚在，即使是完全表现现代的内容，也"乡"味犹存。将我们民族深厚的文化积淀中具有审美价值的东西通过诗化处理呈现出来，以期在读者群中产生审美互补或参照的"共时效应"，这就是这部诗歌集的亮点所在。

冯剑华女士称冯雄是"钟情于大地的歌者"，可见对他的评价之高。"我们仿佛看见诗人跪在龟裂的土地上祈求上苍，他俨然就是那些农民的儿子。在这里，诗人的情感和对大地子民的挚爱如同圣人之心，旷然悲悯而又真实可信。"（冯剑华《钟情于大地的歌者》）诗人沉重而诗意的乡土抒写，流淌的是诚挚的赤子之心喷涌而出的汩汩浓情，让人深省……

参考文献：

[1] 冯雄. 诗意大地 [M]. 银川：宁夏人民出版社，2010.

[2] 洪子诚. 中国当代文学史·史料选 [M]. 武汉：长江文艺出版社，2002.

# 聒碎乡心梦不成 故园无此声

## ——冯雄诗集《诗意大地》中乡村与城市的双重变奏

黄丽蓉

近些年来，西海固文学的发展呈现出由树木变森林的景象，诸多西海固作家以故土为背景，以乡情为依托，抒写了对这片贫瘠、荒凉之地的深情。诗歌的创作尤为活跃，在作品数量众多的宁夏诗坛，冯雄 2010 年出版的诗集《诗意大地》中，能明显地感知其诗歌风格自成一派。

诗人的敏感与细腻大都离不开滋养哺育他的大地，这片养育他的厚土，也是他灵魂与诗意中必不可少的传统元素。然而远离故土久居都市的生活经历，又已然为诗人的创作添上了现代晕染的一笔。在这本诗集中时时有一种对乡村的深挚情感和对城市的勉强接受的交叉感，在诗人写就的诗篇中，这二者的双重变奏使诗歌兼具了淳厚质朴与轻逸另类的质感，充满了疼痛与抚慰的情思。

诗人常用尖锐的对立和相悖的相连来表现一种极致的孤绝与无奈，如《马车》"那是谁的寂静／在通往乡村的路上尖叫"，表达的是一种满溢而出的寂寥感，通往乡村的路上是寂寂无声的，乡村是越来越被边缘化的，诗人用"寂静在尖叫"这样对比鲜明的词语，言说的是对乡村日渐空废、人烟日渐稀少的叹息。又如《意外》："一块石头在夜晚／悄悄浮出水面／一首歌谣／被哑巴唱了许多年／一只鸟在顺风中／逆风飞翔／一个人在回家的途中／被家所伤。"诗人用悖反的词语表达难解的意绪，是故园不再依旧，还是城市带给了他伤害？这些反义词的刻意组合不仅是诗人创作的技巧和手法，更是诗人在城市与乡村的撕扯中无从排遣的忧虑与彷徨迷茫的诗意表达。离别故土后的惦念与想象，那干涩的苍凉、风吼的绝响，无不撕扯着诗人的内心，像失眠的人想摆脱安眠药而入睡一样欲罢不能。城市的现代喧嚣时时分割着偏爱故土的本能，西海固已在空间和时间中、在诗人的诗里慢慢被"埋葬"。诗人在城市与乡村间摆荡，一方面，他意识到乡情的变质与淡漠，提醒自己不能忘的乡情："那炊烟笔直笔直的／乡情不会被打歪吧"；另一方面，又陷入迷惘："这便是老家，许多想法走不出去"，被捆缚的灵魂深处，是不敢忘的乡情和摆脱不了的困惑。西海固，久旱干渴的土地，是诗人心中永远难舍的疼痛，这种疼痛令诗人心碎。冯雄在这本诗集的跋《用词语说出我的疼痛》中说："我生活在一个把炊烟当作云朵的地方，一个秋风能把理想吹凉的地方，一个遍地月光咸似盐粒的地方，一个能把自己放纵到无法放纵的地方……需要怎样的过程，才能把一场风暴或者扬沙阻止，生活在这样一个每天都能触摸到脉搏的大地一角，我们被谁操纵？在超越和崇拜中，倾听一滴雨水准时来临，倾听一条河流逐渐干涸，我们束手无策。"在疼痛的背后是诗人的寻找，向城市、向陌生的地方，用词语和意象。从乡村走向城市的过程是一个蜕变与遗忘的过程，诗人走向城市，对作为故土的乡村不一定是顽固的坚守，却有在接受的同时不遗忘的原则，他用词语、意象的另类搭配，构筑了诗歌中城市与乡村接通的桥梁，融质朴的乡土与都市人的感受于诗作中，有皇天后土的古朴滞重，也有明丽轻逸的现代品格。意象的选取多为乡土的代表，而诗歌传达出的感受则是二者完美的融合。

作为故土的乡村和长久居住的都市，在诗人的内心拉扯，寻找的结果是以故土为依托对城市的接纳，诗的底色不会改变，那是诗的精神栖息地，而诗的形式与外在自然在接纳与融汇中更是跃上了一个高度。

诗中常见"树"这一意象，不论是《树之语》《看见一棵树》，还是《雨中的树》，"树"是诗人根植于大地的回响，它的根基是牢牢地固定在乡土之上的，诗人的根也在乡土，乡土赋予诗人的是苍茫大地独有的苦涩。《雨中的树》里的树显然是诗人自己："我看见一棵树的眼泪／已淋透了它自己／而雨中的风／正在吹干风中的雨／我试图用衣服／裹住树的伤痛／而雨却淋湿了／我掩饰一生的秘密。"

冯雄的诗作是立足于故土的，但其中的淳朴并不纯粹，有一种异于故土的气息存在，这种气息是来自都市的感受，是来自都市的快节奏，他的诗作总是在交代若干句之后直接指向结果，略去了中间的冗长与絮叨，也留给读者想象的一隅。乡村与城市的双重变奏在其诗作中自然地贴合为诗人对故土情思的升华。面对那片渴望甘露的焦枯大地，诗人无法进行虚构的赞美，手中笔的分量远不能承受故乡痛的重量，所以，诗人在乡土乡情的根基上灌注城市的气息，让诗歌表现出一种古朴与现代并融的风格。故园没有了往昔特有的易解、明白、纯然的乡土风格，却被赋予了另一种声音，像雨雾迷蒙的窗玻璃，给读者留下遐想的空间。白胜军在评论文章《冯雄诗歌空白艺术的审美选择》中说道："冯雄的诗为什么往往在词与词、意象与意象、诗句与诗句之间呈现一种大跨度的跳跃。诗人往往有意割断词与词、意象与意象、诗句与诗句之间的形式上的联系，在时间上、空间上造成许多空白点，从而省略了那些絮絮叨叨的过程交代，其目的正是为了让读者的想象力有自由驰骋的天地。"这是诗人有意的情感节制，诗人采用一种意识流的快进来缩短诗行，表现了诗作意义所指的一种隐匿性。这不同于其他写故土类诗歌的诗人，往往将诗作和对故土的情谊叙写得太过简单，冯雄把并无太大关联的词语相连接，呈现出了异于乡土的另类格调。

美国诗人华莱士·史蒂文斯说：诗帮助人们生活。在经济高速发展的时代，人们心为形役，身困牢笼。心为身所困，也为时代所困，这样的时代是需要诗歌的时代。在被现代文明侵扰的乡村，淳朴渐行渐远，乡村也将被雕琢为一座座新兴的城市或者被弃如敝屣。在这样一个时代，诗人在表达对精神之乡的坚守。冯雄的《诗意大地》富含着对故土（乡村）、城市、人生与社会的体察与思索。

# 读冯雄《谁的苍凉是大地的苍凉》

## 李发展

　　海原虽然土地贫瘠，但精神生活并不贫乏。这片土地产生了许多文人，有作家石舒清，有著名诗人冯雄等。下面来谈谈冯雄的《谁的苍凉是大地的苍凉》。

　　这首诗给我美的感受和难以抑制的感动。

　　美在何处？其美有三。

　　一是情感美。对民生的关注，对土地的关注。冯雄先生是一位优秀的教师，也是一位优秀的诗人。作为教师，他有一碗饭吃，虽没有顿顿有山珍海味，但果腹是没有问题的。作为一位衣食无忧的教书的人，却来书写海原多年不遇的旱情，为这片土地上的生灵呼号呐喊，看得出这位农民儿子的执着和作为诗人的责任。"抱着一棵干枯的老榆／做它根部的一点潮湿""焚我为灰吧／我情愿化作一缕青烟／酝酿久违的风雪""我也甘愿拽着旱魔的尾巴／哪怕／肝脑涂地　鲜血淋漓"这份痴情和执着令我震动，这种舍我生命救赎众生的精神令我感动，它冲击着我的内心，久久不能平静。

二是结构美。这种美体现在两个方面。一方面表现在每一节的开头。如第一节的开头，"有这样一些名词／我不敢触及"；第二节的开头，"有这样一些农具／我不堪目睹"；第三节的开头，"有这样一些场景／我无法叙述"。这些大致相同诗句的间隔反复，如同散文或议论文中的中心句，具有概括和提示内容的作用，使诗歌内容更加集中，情感抒发更加强烈。一方面表现在"西海固 一冬无雪"这一诗句的回环往复上，像音乐中的主旋律，在诗中四次出现，不但不觉着累赘，反而是对优美意境的强调，是对严重旱情的疾呼，对内心焦虑的诉说。

三是意象美。诗人选取了四组意象。第一组：雪、雨水、河流；第二组：锈蚀的犁铧、耧耙和锄头；第三组：空窖、空桶；第四组：寒露、霜降、大雪、小雪、雨水、惊蛰。这四组意象围绕一个主题，就是生命和耕种，就是自然和旱灾。令人痛心的就是这些本该飘洒却不见踪影的雨雪，本该锃亮却锈迹斑斑的农具，本该充实却被空置的桶窖。正是这些事物的反常，引发了诗人的灵感、诗人厚重的感情。

诗人不是在独唱，而是在领唱。他引领着我们去关注那个曾经诞生过我们生命的海原。为她的不幸而忧伤，为她的苦难而痛心，为她，我们甚至不吝惜我们的生命。


附：


**谁的苍凉是大地的苍凉**


有这样一些名词

我不敢触及

雪 雨水 河流

我的斗室中

轻声低语的笔

经不住一滴水的震颤

谁的苍凉是大地的苍凉

谁的悲壮是大地的悲壮

西海固 我拒绝

接受这样一个现实

被称作沙暴的孽子

是那样肆无忌惮地

横行 而我情愿

抱着一棵干枯的老榆

做它根部的一点潮湿


西海固 一冬无雪


有这样一些农具

我不堪目睹

犁铧 耧耙和锄头

它们的锈蚀道出了

季节的秘密

大风几乎把它们弯曲的身子

吹直 而干裂的嘴唇

正在舔噬掀开的伤口

当农人们摩拳擦掌

把播种的农具细心打磨

当农人们把来年的打算

装进烟锅咂吧着

我的天空 仍然如此地碧蓝

我的天空 仍然如此地晴朗

焚我为灰吧

我情愿化作一缕青烟

酝酿久违的风雪


西海固 一冬无雪


有这样一些场景

我无法叙述

大风已把空窖的口哨吹响

喑哑的歌喉

承接了如此苦难的泪水

窖啊！这大地维系生命的

肚脐 你的清瘦

你的刺向天空的眸子

怎样才能停止颤抖？

我的乡亲 我的手提空桶的

乡亲 你望眼欲穿的泪水

还能坚持多久？

我手中的秃笔

如何书写来年的丰厚？


西海固　一冬无雪


有这样一些日子

寒露霜降小雪大雪

雨水惊蛰

这些闪耀着水性的光芒的

农历中的日子

仅用一场风沙就叙述殆尽

我也是宿命中缺少水的人

我也是跟在苦旱日子后奔跑的人

我懂得什么叫空旷

我懂得什么叫沧桑

我也甘愿拽着旱魔的尾巴

哪怕

肝脑涂地　鲜血淋漓


西海固　一冬无雪

# 跋　十年之痛，无根之木

一

　　写这篇后记之前，我的忐忑就像 2010—2023 年这十余年的写作经历一样，断断续续写作，陆陆续续发表，糊里糊涂遗忘，以至于结集时找不见底稿，找不见样刊。2010 年第一本诗集《诗意大地》成书后，原计划十年之后再结集，结果因为众所周知的原因而耽搁。想来也好，在倍道兼进、人心浮躁的时代，慢下来何尝不是一件好事呢！

　　现在回想起来，十年来，甚至往前再推十年，二十年来，我没有真正写出自己满意的作品来。《诗意大地》大多都是二十世纪的作品，那时年轻气盛，激情满怀，写出来的东西很性情，在特定地域生发的特殊情感还是具备一定诗意的。现在偶尔翻阅时，仍然感觉亲切或感动。

　　2004 年以后，我进入了真正的城市生活，写诗的气场荡然无存，就像无根之木在世俗的河流中随意漂浮，没有专注的事物，缺乏共鸣的具象，痛苦而煎熬于千篇一律、平淡如水的生活，因而时时搁笔、每每停滞。

好在诗心尚在。在繁忙的俗务之余，有时偶尔游览山水，寄情江海，尚有所得，形诸笔端，多了一些人近中年的思考和沉淀，遂结集为《满目山河》，也算是对自己数十年从文的一个交代。

## 二

十七世纪，英国玄学派诗人约翰·多恩在《没有人是一座孤岛》中说"没有人是一座孤岛＼可以自全＼每个人都是大陆的一片＼整体的一部分。"对每一位诗歌写作者来说，当你从喧嚣与热闹中抽身而出，或者你学会了与世俗繁杂相处，你是否还能保持一种超乎常人的阅读和写作的自觉？远离网络、放下手机、静心读一本书的美好时光离我们越来越远，点赞转发、红包打赏、圈子评奖、AI诗人的闹剧层出不穷，难怪评论家霍俊明先生发出了"我们是'写诗的人'还是'诗人'？"的诘问。

由此倒推2500多年，从《诗经》开始，我们美丽的国家产生了很多纯粹的诗人，他们扎根民间，融入时代，遁入时光，直击内心，让汉字披上想象的翅膀，驰骋于广袤大地，遨游于众生心间，依赖于用文字营造出的意味、意趣和意境，从而傲立于世界文学之林。他们徜徉于美丽山水，醉情于人间烟火，倾心于世间常情，困厄于民间疾苦，无时无刻不把自己融入所处的时代洪流之中，把自己植入神圣的大地与河流的根基之中，这应该是中华民族文化源远流长的精神元素之一。

有根基在，文学才能存活；有根基在，诗歌才能常青。

# 三

从古到今，缘情言志的传统始终是诗歌写作者必须遵循的规律。现代诗歌需要自省，而不是自绝。有时候我们把不是诗的分行文字硬说成诗，从而失去了大批的读者。当诗歌成为小部分人自我陶醉的乌托邦，所谓的诗歌也就走到了尽头。天地万物和日常生活以及与生俱来的敬畏和感悟，如何穿越语言在时空中抵达阅读者的内心，从而达到现实与心灵交融的诗意之美，这还需诗人们继续努力。

做一个诗人是幸福的，因为他可以透过表象洞察别人无法看到的世界；做一个诗人是痛苦的，因为他不知道如何表达才能与这个世界共鸣。

我从来不认为自己是一个合格的诗人，只是一个诗歌写作者。

感谢多年来诸位文朋诗友的催促与鼓励，特别是石舒清、杨梓、梦也、单永珍、王怀凌、马占祥、唐晴诸君，诗集中顺便收录的几篇评论，有些作者素未谋面，甚至不知道姓名，这里一并致谢！

是为记。

2023 岁末记于银川